Vogelfrei Taschenbuch

verlag vogelfrei

**Schauplätze des Geschehens:**

Die Geschichte spielt im Rhein-Main-Gebiet: Frankfurts Vororte Fechenheim und Oberrad, Offenbach, außerdem Fulda und Hofbieber in der Rhön.

**Der Autor**

Peter Ripper, Jahrgang 1954, ist selbstständiger Werbefachmann, Gitarrist bei einer Frankfurter Rockband und begeisterter Motorradfahrer.

Er lebt in Langenbieber in der Rhön und in Frankfurt am Main.

36145 Hofbieber
Internet: www.vogelfrei-verlag.de


Umschlaggemälde: Sergej Kasakow · www.kasakow-kunstmalerei.de
Lektorat: Stefanie Reimann, Frankfurt am Main
Druck: Druckreif GmbH, Frankfurt am Main
Umschlaggestaltung: Peter Ripper
Satz: SLG Satz, Layout, Gestaltung, Frankfurt am Main, 0177/3098536
ISBN: 978-3-9812188-3-1
1. Auflage

Peter Ripper

# Karlo und der grüne Drache

Kriminalroman

Viel Spass...

Peter Ripper

verlag vogelfrei

## *Vorwort*

Dinge ändern sich und nichts bleibt im Leben gleich. Einige Menschen allerdings halten den Prozess des Wechsels auf, sie tun sich mit Veränderungen schwer, etwa durch eine konservative Einstellung. Häufig ist auch ihre Bequemlichkeit ein Faktor, der den angestrebten Zielen im Wege steht.

Tritt unverhofft ein Wandel ein, den die davon betroffenen Personen nicht selbst verursacht haben, ist die Lage klar. Sie brauchen sich nicht verantwortlich zu fühlen.

War solch eine Veränderung jedoch selbst angestrebt und wurden dabei wichtige Dinge nicht bedacht oder gute Ratschläge wohlmeinender Mitmenschen nicht beherzigt, treten häufig die Ratgeber auf den Plan, um festzustellen: „Wir haben es dir ja gleich gesagt!“ Das geschieht vor allem, wenn als Folge des Fehlverhaltens Ereignisse ihren Lauf nehmen, die nicht nur unerwünscht sind, sondern auch noch das Umfeld mit in die unangenehme Situation einbeziehen.

Bei den einen entwickeln sich in der Folge Selbstvorwürfe, die jedoch nicht weiterhelfen.

Bei anderen hingegen hält sich die Neigung zu Selbstvorwürfen in engen Grenzen. Bei einer Handvoll von ihnen glänzt sie sogar durch völlige Abwesenheit. Diese Menschen machen sich mit Vehemenz und Eifrigkeit, freilich auch hier und da ohne den nötigen Sachverstand, daran, die Folgen eines fatalen Fehlers selbst auszubügeln. Leider manchmal mit katastrophalen Folgen.

Wir an dieser Stelle jedoch sind weit davon entfernt, uns über diese Menschen zu beklagen. Ohne sie wären Geschichten wie die folgende schwer denkbar, und ohne das Wissen, dass es diese Leute gibt, auch unglaubwürdig. Und deshalb ist es in diesem Buch wie im richtigen Leben:

Alles fängt ganz harmlos an ...

*Donnerstag, 8. Oktober*

# 1

Karlo Kölner holte tief Luft und schaute sein Gegenüber zweifelnd an. Süßholz-Sauer redete heute wieder mal besonders wirres Zeug. Auf der einen Seite lag das wahrscheinlich an seiner angeborenen intelligenztechnischen Grundausstattung. Andererseits übte der Alkohol heute einmal mehr seine zerstörerische Wirkung auf die Qualität der Konversation aus.

Karlo nahm einen kräftigen Schluck aus seiner Bierflasche, popelte einen Moment nervös mit dem Daumennagel am Etikett und stellte sie auf dem dafür vorgesehenen Sims ab. Ihn fröstelte leicht. Es war ein kühler Herbsttag. Karlo stand normalerweise nie am Kiosk, um dort Bier zu trinken. Heute war er jedoch zufällig auf seinem Fahrrad an dem Büdchen in der Leo-Gans-Straße vorbeigefahren. Süßholz-Sauer hatte ihn mit einer großspurigen Geste zu sich gewinkt. Karlo war diesem Wink gefolgt und lauschte nun dem norddeutsch gefärbten Singsang von Sauers Stimme.

„He, Kölner, komm mal schnell her. Ich hab was für dich", hatte er mit wichtiger Miene in die Dämmerung gekrächzt. Seine Stimme wies frappierende Ähnlichkeit mit der des allseits beliebten Faktotums Festus aus der kultigen Western-Serie *Rauchende Colts* auf. Was ihm aber den Namen Süßholz-Sauer einbrachte, war die Tatsache, dass sein Atem permanent scharf nach Lakritze roch. Das wiederum lag an der hohen täglichen Dosis eines bekannten Magenbitters, den er neben ungezählten Bierchen am Wasserhäuschen zu konsumieren pflegte. Es gab böse Zungen, die behaupteten, mit der Menge der Fläschchen, längs aneinandergereiht, könne man die Strecke von der Erde zum Mond locker überbrücken Der zweite Teil des Namens war schneller erklärt.

Es war sein Nachname.

Seinen Vornamen kannte niemand. Was zum einen daran lag, dass ihn noch keiner danach gefragt hatte, zum anderen hauptsächlich an seinem Spitznamen. Spitznamen haben immer auch eine karikierende Wirkung. Sie scheinen unseren ganz persönlichen Eindruck der betreffenden Person zu verstärken, ja, durch ständige Wiederholung im Alltag immer wieder zu bestätigen. Zuweilen versteckt sich die Wirklichkeit – oder sollte man besser sagen: die Wahrheit? – auf perfide Weise dahinter. Manchmal möchten die Menschen eben nur das sehen, was sie sehen wollen.

Was den aufmerksamen Beobachter allerdings etwas befremden konnte, war der starke norddeutsche Einschlag in der Aussprache von Sauer. Das passte einerseits weder zum *Déjà-vu* eines Fans der alten Western-Serie – in Dodge City sprachen sie garantiert nicht norddeutsch – andererseits auch nicht zum Äußeren des Mannes mit der krächzenden Stimme. Dieses tendierte eher in Richtung „traurige Gestalt".

„Jetzt machs mal nicht so spannend", stieß Karlo leicht genervt aus. „Ich muss morgen früh raus und will hier keine Wurzeln schlagen." Er schaute den spindeldürren Mann scharf an. Der neigte den Kopf und blickte bauernschlau zurück.

„Sag mal, suchst du nicht eine Wohnung?", warf er Karlo wichtigtuerisch hin.

Süßholz-Sauers Stimme schien vor Stolz zu vibrieren. Karlo Kölner beobachtete fasziniert seinen spitzen Adamsapfel, der erregt auf und ab hüpfte, als er sogleich weitersprach.

„Ich hätte da vielleicht einen Tipp für dich. Du wohnst doch immer noch in deiner Gartenhütte, oder?"

Sauer rollte bühnenreif mit seinen hervortretenden Froschaugen.

Karlo legte die Stirn in Falten und musterte den mageren Mann ungläubig.

„Du? Ausgerechnet du weißt eine Wohnung für mich? Wer vermietet die? Und vor allen Dingen: Wo ist die Bude und was kostet sie?"

„Na ja, der dicke Gollmann hat gesagt, ein Kumpel von ihm hätte erzählt, dass ein guter Freund von ihm einen Nachmieter sucht."

Karlo ließ die Schultern hängen. Na prima. Genau so hatte er sich das vorgestellt.

„Alles klar, Sauer, alles klar. Und vielen Dank auch."

Er schnippte zwei Euro hinter das Fenster des Kiosks und stellte die leere Bierflasche daneben. Dann vollführte er eine Drehung nach rechts und angelte lässig nach seinem Fahrrad.

Er hielt schon den Lenker in beiden Händen und sein rechtes Bein bewegte sich gerade über den Gepäckträger, da kratzte die beleidigte Stimme des abgemagerten Trinkers erneut an seinen Trommelfellen.

„Ach, Quatsch, was ist denn los, Kölner? Glaubst du mir nicht? Willst du denn nicht die Telefonnummer von dem Kerl, der die Bude vermietet?"

Karlo erstarrte in der Bewegung. Für ein oder zwei Sekunden schwebte sein Bein reglos über dem Sattel. Eine weitere

Sekunde später stand er wieder auf beiden Beinen. Er stellte das Rad zurück, ließ es wieder auf den Ständer kippen und ging misstrauisch auf Sauer zu.

Der hielt ihm mit ausgestrecktem Arm einen Zettel entgegen.

„Da, Kölner, da steht die Nummer drauf. Hab ich extra für dich aufgeschrieben. Und es ist auch noch ein Job zu vergeben, der gehört direkt zur Wohnung dazu. Aber rede am besten selbst mit dem Typen."

Karlo zupfte das Zettelchen zwischen den Fingern des Magenbitter-Junkies heraus und begutachtete es misstrauisch. Eine Handynummer stand auf dem schmuddeligen, zerknitterten Papier. Darunter ein Name. Joe. Das war alles.

„Das ist der Vermieter. Die Wohnung ist in Alt-Fechenheim. In der Nähe der katholischen Kirche. Irgendwo da, schräg gegenüber. Ruf ihn an, aber bald. Ich habe den Zettel schon ein paar Tage in der Tasche."

„So sieht er auch aus", dachte Karlo. Aber er war ehrlich verblüfft. Irgendwie geschahen noch Zeichen und Wunder. Ausgerechnet Süßholz-Sauer!

Sauer war vor einer Weile in Fechenheim aufgetaucht. Er hauste in einer winzigen Wohnung, die er mit seinen kärglichen monatlichen Bezügen gerade so bezahlen konnte. Man erzählte sich, er sei Frührentner, und es gab eine Menge Leute, die ob dieser Tatsache einen gewissen Neid verspürten.

Es schien mittlerweile, als kenne er jeden und jeder kenne ihn. Auf eine unaufdringliche, aber beharrliche Weise schaffte er es, allgegenwärtig zu sein. Er sickerte gewissermaßen in die gesellschaftlichen Ritzen und Spalten des östlichen Frankfurter Stadtteils. Kam man in eine Kneipe, war Sauer da und schnorrte die Leute an. Ging man in den Supermarkt, stand Sauer vor der Kühltheke mit den fast abgelaufenen und deshalb stark heruntergesetzten Waren und wühlte nach Brauchbarem. Ging man am Main spazieren, konnte man sicher sein: Irgendwo saß Sauer auf einer Bank mit einer Flasche Bier in der Hand. War man zurück im Ort, stand er schon wieder am Büdchen, mit dem Rücken an die Mauer neben dem Ausgabefenster gelehnt, ein Fläschchen Underberg wie eine Trophäe in der Hand und beobachtete mit seinem leicht lauernden Blick die Passanten und die vorbeifahrenden Autos.

Seine weiterhin bestehenden Zweifel ließ sich Karlo nicht anmerken. Er bedankte sich bei Sauer und versuchte seine Verwirrung beiseite zu schieben. Möglicherweise stimmte die Geschichte. Aber trotzdem, ausgerechnet Sauer ... na, er würde schon sehen. Und ein Job? Wäre vielleicht auch nicht schlecht.

Er schwang sich auf sein Fahrrad und winkte noch einmal knapp nach hinten, bevor er um die Ecke in die Jakobsbrunnenstraße einbog.

Mürrisch starrte Sauer auf seine fast leere Flasche. Er schlug mit der flachen Hand auf die Abstellfläche vor dem Ausgabefenster.

„Verfluchter Geizhals! Hätte wenigstens ein Bier springen lassen können ...“

*Einige Tage zuvor*

## 2

Paul Perlig starrte angespannt auf seinen Bildschirm. Der begeisterte Hobbykoch saß in einem kleinen Büro der Immobiliengesellschaft *WMF – Wohnen mit Flair* in der Nähe des Hauptbahnhofs in Fulda. Die renommierte Firma verkaufte, betreute und vermietete Immobilien aller Art im gesamten Rhein-Main-Gebiet.

Paul war dabei, eine Verkaufsanzeige für eine kleine schlossähnliche Immobilie in der Nähe von Schlitz zu formulieren, als das schlechte Gewissen wieder hochkam. Nein, er hatte nichts angestellt. Es waren eher die Dinge, die noch nicht getan waren, die ihn quälten. Er dachte an seinen Garten, der auf der Südseite seines Elternhauses in Hofbieber angelegt war. Seit seine Eltern gestorben waren, bewohnte er das Haus alleine. Die Bäume mussten nun endlich geschnitten werden, einige Sträucher ebenso. Im Keller wartete ein zerlegtes Regal darauf, aufgestellt zu werden und genau so ging die umfangreiche Liste weiter. Leider gab es momentan sehr viel zu tun und es kam in den letzten Wochen oft vor, dass Perlig bis in die späten Abendstunden zu arbeiten hatte. Die letzten Wochenenden waren überwiegend Lokalterminen mit kaufinteressierten Kunden vorbehalten gewesen und so blieben die privaten Arbeiten unerledigt.

Er lenkte seinen Blick weg vom Bildschirm und betrachtete das Ölgemälde vor sich an der Wand. Man sah die obere Hälfte des Kirchturms von Kleinsassen hinter einer Anhöhe hervorlugen. Der Gedanke an das Rhöner Künstlerdorf, am Fuße der Milseburg, brachte Paul die Erleuchtung. Sein Freund Karlo Kölner aus Frankfurt kam ihm in den Sinn. Unwillkürlich hatte Paul an die turbulenten Ereignisse im letzten Jahr denken müssen, die sich auf der anderen Seite der Milseburg, des mystischen Berges der Rhön, zugetragen hatten. In deren Verlauf Kölner dazu beigetragen hatte, alles zu einem guten Ende zu bringen. Die Polizei war damals nicht begeistert gewesen von der Vorgehensweise des Frankfurters, doch schließlich hatte das Ergebnis gezählt.

Karlo war traditionell ziemlich pleite, überlegte Paul. Er würde ganz bestimmt Interesse haben, ihn bei einigen Arbeiten zu unterstützen. Und nebenbei ein paar steuerfreie Euro zu kassieren. Karlo war immerhin ein passabler Handwerker. Na also, da war sie doch, die Lösung.

Spätestens nächste Woche wollte er Karlo anrufen.

Erleichtert wandte er sich wieder seiner eigentlichen Arbeit zu. Die Anzeige war noch nicht zu Ende formuliert, da klopfte es knapp an der Tür und Waldemar Borek trat ins Zimmer. Borek hasste seinen Vornamen, ja, fast schämte er sich dafür. Spätestens seitdem er beiläufig mitbekommen hatte, dass seine Mitarbeiter ihn untereinander „Waldi“ nannten, war er verärgert.

Denn Borek war der Chef.

Seit er die Firma von seinem Vater übernommen hatte, tat er das im Übermaß, was man umgangssprachlich mit „den Chef rauskehren“ umschrieb. Trotzdem wusste man in der Firma genau, dass der alte Chef noch immer mit Argwohn beäugte, wie sein Sohn nun die Geschäfte führte.

Der stämmige Mann stand vor Paul und schaute ihn fordernd an. Seine wallende Frisur thronte wie aus Stein gemeißelt auf seinem breiten Kopf. Dieser Eindruck wurde durch die eisgraue Farbe eindrucksvoll unterstützt. Trotz seiner erst knapp vierzig Jahre hatten Boreks lange drahtige Haare ihre ursprünglich schwarze Farbe fast völlig eingebüßt. Hätte Paul ihn unbekannterweise in Kleinsassen gesehen – er hätte ihn für einen Künstler gehalten.

„Was macht die Anzeige für das Schlösschen? Die muss heute noch mit den anderen an die Fuldaer Zeitung, die Rundschau und die Allgemeine raus. Sie wissen ja, der Redaktionsschluss ist immer um ...“

Er unterbrach seine Forderung unwillig, als das Handy losdudelte.

„Wohnen mit Flair in Fulda, Borek?“

Waldi lauschte einen Moment. Währenddessen wurde seine Miene immer unwilliger, bekam einen beinahe angeekelten Ausdruck.

„Nein, Herr Wegener, nein, so geht das nicht! Sie können doch nicht ... ich sage Ihnen doch ... das können Sie nicht machen! Das ist nicht Ihr Ernst!“

Borek war blass geworden. Der andere Teilnehmer sprach augenscheinlich weiter. Borek schien nachzugeben.

„Also gut, Herr Wegener. Ich komme vorbei und schau mir das an. Wann? Na gut. Bis dann.“

Paul hatte den Kopf gehoben und fixierte seinen Vorgesetzten.

„Ärger, Chef?“

„Nein, nein, es ist nichts, alles okay“, antwortete Waldemar Borek fahrig und verließ das Zimmer ohne ein weiteres Wort.

*Freitag, 9. Oktober*

# 3

Karlo wollte schon wieder auflegen, als es leise knackte und eine metallisch klingende Stimme sich knapp meldete:

„Ja?“

„Hallo, mein Name ist Kölner. Ich habe Ihre Nummer von einem Bekannten. Es geht um die Wohnung in Alt-Fechenheim. Ich hätte da Interesse und ...“

„Von wem haben Sie meine Telefonnummer?“

„Von Herrn Sauer, der sagte mir ...“

„Kenne keinen Sauer!“

Freundlich ist etwas anderes, dachte Karlo und startete einen neuen Versuch.

„Aber ich habe doch hier einen Zettel mit ...“.

„Moment mal, was sagten Sie? Sie heißen Kölner? Doch nicht etwa Karlo Kölner?“

„Ja, schon, aber woher ...“

„Mensch, Karlo, altes Haus, also so was! Na klar doch, komm vorbei. Das passt ja! Ich glaubs ja nicht!“

Das klang zwar schon besser, Karlo war jedoch sichtlich überfordert und stammelte verwirrt zurück.

„Heißt das, ich kann die Wohnung haben? Kennen wir uns? Außerdem hab ich doch keine Ahnung, ob mir die Miete nicht zu hoch ist.“

Viele Fragen. Er legte eine kurze Pause ein.

„Aber gut, ich hätte jetzt Zeit. Oder lieber morgen?"

„Wie – du kennst mich nicht? Hat dir der Blödmann denn nicht auch meinen Namen ... ach egal, dann wirds eben eine Überraschung für dich! Jetzt gleich wäre übrigens okay. Du wirst schon sehen ... ich bin gerade in der Wohnung. Wann kannst du da sein?"

„In einer halben Stunde? Ist das in Ordnung? Ach ja, welche Hausnummer ist das überhaupt? Und wo soll ich klingeln?"

Zwanzig Minuten später rollte ein überaus neugieriger Karlo Kölner auf seinem Fahrrad über die Karl-Ulrich-Brücke und bog kurz dahinter in die Dieburger Straße ein.

Er kniff die Augen zusammen. Was hatte der Mann gesagt? Man würde sich kennen? Er rief sich den Klang der Stimme ins Gedächtnis. Nichts daran war ihm bekannt vorgekommen. Aber gut, überlegte er, am Telefon klang eine Stimme schon verfremdet ... na, gleich würde er mehr wissen. Mittlerweile war er in Alt-Fechenheim angekommen.

Nachdem er das Kleedreieck passiert hatte, den Platz, an dem Alt-Fechenheim, Willmannstraße und Kleestraße aufeinandertreffen, hielt er Ausschau nach der Hausnummer, die ihm von dem Mann am Telefon durchgegeben worden war.

Das Erste, was ihm auffiel, war ein riesiges schwarzes, ziemlich kastenförmiges Automobil mit Fuldaer Kennzeichen, das am Straßenrand vor dem betreffenden Haus parkte. Ein Hummer. Wer um Himmels Willen fuhr denn heutzutage noch so eine obszöne Spritschleuder? Wenn man dieses automobile Ungetier artgerecht bewegte und zu diesem Zweck das Gaspedal etwas verwegener in Richtung

Bodenblech drückte, verschlang es doch ganz bestimmt um die zwanzig Liter Super. Egal, das sollte nicht seine Sorge sein.

Karlo schob sein Fahrrad auf den Eingang zu. Er studierte die Namen neben den Klingelknöpfen. Da war es: dritter Stock. *Atelier* stand da in Druckbuchstaben. Komisch. Er drückte auf die Klingel und ein paar Sekunden später summte der Türöffner. Karlo schob seinen neuesten zweirädrigen Eigenbau in den Hausflur. Nahm sein teures Schloss und befestigte es mit dem Rahmen am Treppengeländer. Karlo tat das aus gutem Grund.

Es war knapp zwei Wochen her, dass ihm – wieder einmal – ein Fahrrad abhanden gekommen war. In diesem Fall war es allerdings seine eigene Schuld gewesen. Er war auf den Offenbacher Markt gefahren, um sich etwas Obst und Gemüse zu besorgen. Dummerweise war in der Eile das Fahrradschloss in seiner Unterkunft im Garten liegengeblieben. Und so hatte er einen Gast, der vor dem Markthaus, einem netten kleinen Restaurant am Kopf des Wilhelmsplatzes, im Freien saß und sein Frühstück verzehrte, gefragt, ob er denn noch eine Viertelstunde dort säße und in dieser Zeit ein Auge auf sein geliebtes Zweirad haben könne. Der freundliche Gast versprachs, zumal ihm ein Gratis-Kaffee von Karlo in Aussicht gestellt wurde. Karlo stürzte sich daraufhin ins Marktgetümmel und war beruhigt.

Erst einmal.

Als er mit vollbeladenem Rucksack zurückkehrte, bemerkte er – zunächst mehr verwundert als verärgert – dass sein Fahrad weg war. Was er dann erblickte, hätte ihm normalerweise großes Vergnügen bereitet. Auf dem Platz nämlich, an dem der hilfsbereite Gast gesessen hatte, thronte eine junge üppige Blondine. Unter erfreulicheren Umständen hätte er sie wohl gefragt, wie sie in diese unglaublich knappen Jeans hineingekommen sei. Und vielleicht noch, wie er sie dazu bewegen könnte, sich extra für ihn wieder aus dem engen Beinkleid herauszupellen.

Daran war im Augenblick leider nicht zu denken.

Nichtsdestotrotz steuerte er auf die Blonde zu und sprach das dralle Wesen vorsichtig an.

„Entschuldigen Sie bitte“, er hob die Arme hilflos, „der Gast, der vor ein paar Minuten noch hier saß, wo ist der denn hingegangen? Haben Sie das zufällig mitgekriegt?“

Die Blondine taxierte Karlo von oben bis unten, schien halbwegs zufrieden mit dem, was sie sah und schürzte kurz ihre Lippen, bevor sie mit einem kleinen Lächeln antwortete: „Ach, Sie meinen den netten Herrn mit dem Fahrrad?“

Karlo zog scharf die Luft ein und verdrehte ohnmächtig die Augen nach oben. Was war er doch nur für ein leichtgläubiger Idiot. Die blonde Schönheit schwenkte ihren Blick kurz über den vollbesetzten Platz vor der Gaststätte, bevor er wieder bei Karlo landete.

„Der hat wohl bemerkt, dass ich einen freien Platz gesucht habe, und da er gerade gehen wollte, bot er mir seinen an. Dann nahm er sein Fahrrad und ist davongefahren. Hier, rechts über die Straße, da rüber, zur Waldstraße.“

Inzwischen war die Bedienung nähergekommen, eine nicht minder ansehnliche junge Dame. Ihr ärgerliches Gesicht stand allerdings in krassem Gegensatz zu ihrer sonst überaus erfreulichen Erscheinung. Sie wandte sich an Karlo.

„Wo ist denn der Mann, der hier gesessen hat?“

Kölner schaute zurück und machte einen missglückten Versuch, charmant zu lächeln.

„Sehen Sie, jetzt sind wir schon zu zweit. Genau den suche ich auch. Was haben *Sie* denn mit dem?“

Die Bedienung schaute Karlo missmutig in die Augen.

„Der verdammte Kerl ist einfach abgehauen und hat sein Frühstück nicht bezahlt ...“

Karlo flüchtete sich in die dürren Arme des Galgenhumors.

„Okay“, grinste er verbissen, „dann muss ich ihm wenigstens keinen Kaffee mehr ausgeben.“

Heute allerdings hatte er seine Diebstahlsicherung dabei. Und hier im geschlossenen Hausflur würde ganz bestimmt nichts gestohlen werden.

Sagte er sich.

Karlo warf also noch einen Blick auf sein neuestes Modell Marke Sperrmüll und bewegte sich die Treppe nach oben. Er würde noch einiges an Arbeit haben mit seinem neuesten Gefährt, aber diese tollen, fast neuen Alufelgen, die er neulich bei einer Entrümpelung gefunden hatte, waren schon einmal ein ganz edler Anfang. Und der schöne Ledersattel. Englisches Fabrikat, bestimmt nicht billig. Wer warf so was bloß weg? Er konnte es nicht verstehen. Manche Leute waren schon seltsam.

Im dritten Stock angekommen, öffnete sich die Tür, ohne dass er sich noch einmal hätte bemerkbar machen müssen.

Er schaute einem sehr kräftigen Mann ins Gesicht. Halbglatze, blond gefärbtes und streng zurückgekämmtes Resthaar, im Nacken vermutete Karlo einen dieser dünnen Pferdeschwänze, die sich manche Halbglatzenträger als Ausgleich zu ihrer kahl gewordenen Schädelfront zulegten. Das ledrige Braun ungezählter Stunden im Sonnenstudio wirkte wie mit dem Zahnspachtel aufgetragen. Ein leichter Bauchansatz, über den sich ein teures Hawaii-Hemd spannte, vervollständigte den Gesamteindruck. Der Hummer vor der Tür, logisch.

Einen Moment lang starrte Karlo auf das Abziehbild eines Kleinstadtluden.

Sekunden später fiel es ihm ein.

Er riss die Augen auf und schlug sich mit der flachen Hand an die Stirn. Na klar, Joe Wegener!

„Mann, Joe, das gibts ja nicht. Wo hast du denn gesteckt? Das ist ne Zeit her. Achtundachtzig, Berlin, der Freistoß vom Lajos ... na, das war noch Fußball, was?"

Karlo konnte sich plötzlich wieder erinnern. Mit einem Charterbus waren sie damals mit einigen Eintracht-Fans nach Berlin gefahren, um sich das DFB-Pokalendspiel zwischen der Frankfurter Eintracht und dem VfL Bochum anzusehen.

Und danach Berlin leerzutrinken.

Wegener klatschte begeistert in die Hände.

„Wenn du recht hast, hast du recht", bestätigte er. „Sag mal, Karlo, wie hieß der Typ, der damals dem Busfahrer die Dose Bier über den Kopf geschüttet hat?"

Karlo dachte kurz nach. Dann musste er lachen.

„Das war doch dieser Taxifahrer, Ferdi hieß der, oder? Der wollte nach dem Spiel unbedingt noch nach Berlin rein, um einen trinken. Der Busfahrer hatte dazu aber überhaupt keine Lust."

„Obwohl das doch ausgemacht war, oder?"

„Ja, klar, der wollte aber nichts mehr davon wissen. War wohl ein richtiger Blödmann. Aber was macht der Taxidriver eigentlich? Gibts den noch?"

„Lang nicht gesehen. Aber ich glaub schon. Hat wohl ein

ziemlich bewegtes Leben. Der hängt immer mit so einer Art Gelegenheitsdetektiv rum. Simon Schweitzer* heißt der Kerl."

„Was es nicht alles gibt! Na, ich habe auch jede Menge zu erzählen. Ist viel passiert, in der Zwischenzeit. Kannst du dir vielleicht denken ..."

Es entstand eine kleine Pause, dann umarmten sich die beiden Männer herzlich.

Joe grinste breit und trat einen Schritt zurück.

„Karlo, alter Junge, lass dich anschauen! Du bist es wirklich! Eigentlich wollte ich dich die ganzen Jahre anrufen. Ich hätte immer mal was gehabt für dich. Aber weiß der Teufel, wohin der Bierdeckel mit deiner Telefonnummer verschwunden ist. Ist eben viel passiert in der Zwischenzeit. Ja, und ne Zeitlang hat es mich nach Hamburg verschlagen ..."

Er grinste verlegen.

„Hamburg? Was hast du in Hamburg gemacht?"

Die Verlegenheit verstärkte sich.

„Ich war auf Urlaub, gewissermaßen."

Jetzt grinste Karlo frech zurück.

„Seit wann kann man mit dem Polizeiauto in den Urlaub fahren? Santa Fu, nicht wahr?"

„Ach komm schon, Karlo, du bist auch kein unbeschriebenes Blatt, habs schon gehört. Aber ich habs gepackt. Ich steh auf eigenen Füßen, und mir geht es dabei nicht schlecht." Er schaute Karlo stolz an. „Hast du meine Karre gesehen, unten vor der Tür?"

Karlo überging die Frage elegant und schaute sich währenddessen interessiert in der Wohnung um. Vier Zimmer, vermutete er, das konnte er sich niemals leisten. Er würde am besten gleich wieder verschwinden. Und ein guter Umgang sah anders aus als Joe Wegener.



* Frank Demant: „Das Geheimnis vom Kuhhirtenturm". Siehe auch Anzeige letzte Seite.

„Hör mal, Joe, das hier ist eine Nummer zu groß für mich. Und zu teuer. Das kann ich nicht bezahlen. So viel verdiene ich nicht ... weißt du, mein Job ...", versuchte er zu erklären, bevor Joe ihn unterbrach.

Karlos alter Kumpel schüttelte heftig den Kopf und machte mit den Händen eine beschwichtigende Bewegung.

„Nein, nein, das läuft schon. Mach dir keine Gedanken. Ich hab da was für dich. Du sollst nur einen kleinen Job für mich machen, ganz easy, und da ..."

Karlo fuhr ihm schroff ins Wort.

„Also nein, Joe, nein! Ich bin da raus. Ich mache keine krummen Dinger mehr, ganz bestimmt nicht. Es gab im letzten Jahr genug Ärger und die Bullen hier haben mich ohnehin schon auf dem Kieker."

Im Verlauf der Unterhaltung konnte Karlo drei Zimmer inspizieren. Bis auf die Küche war keines vollständig eingerichtet. Das erste Zimmer wurde von einem gigantischen offenen Kamin beherrscht. Davor lag ein riesiges Fell. Er bewunderte noch das Gestell mit dem kunstvoll geschmiedeten Kaminbesteck. Nun stand er vor der letzten Tür und stieß sie auf.

Das Schlafzimmer. Aber was für eins!

Ein brandneuer, hochfloriger Teppichboden. Vor dem Bett ein teuer aussehender Teppich. Ein zornig blickender Tiger war kunstvoll darauf eingewebt.

Karlo schaute an die Decke. Über dem breiten Luxusbett hing ein großer runder Spiegel.

Dann fiel sein Blick auf eine Art Kommode unter einem der Fenster. Ein goldfarbiger Abroller, auf dem eine Rolle Küchenkrepp steckte, stand darauf. Daneben thronte eine große Drachenfigur aus Metall. Karlo macht einen Schritt auf die Kommode zu, nahm die Figur in beide Hände und betrachtete sie. Der Drache war schwer, er vermutete Messing, Bronze oder etwas in der Art. Dann schaute er hoch, immer noch die Figur in der Hand.

„Verflucht, Joe, was soll ich hier für dich machen? Soll ich für dich anschaffen oder was? Was ist das denn für eine Bude?"

Geballter Zynismus schwang in Karlos Frage mit.

Joe ging mit einem ärgerlichen Gesichtsausdruck auf Karlo zu, nahm ihm den Drachen wieder aus der Hand und stellte ihn zurück auf die Kommode. Dann lachte er freudlos auf.

„Das hier ist nicht der Rentnerstrich, Alter, quatsch keinen Mist. Also hör zu: Erstens mal ist das hier nicht deine Wohnung, die liegt noch ein Stockwerk höher. Und zweitens sollst du keine krummen Dinger für mich machen. Nein, es handelt sich eher um so eine Art, sagen wir mal: Gefallen. Du kannst mir ein wenig zur Hand gehen und kriegst dafür die Wohnung für allerkleinstes Geld."

Siegessicher fixierte er Karlo.

„Und jetzt komm mit, wir gehen nach oben. Ich zeige dir deine neue Bleibe. Du wirst begeistert sein."

Karlo zuckte mit den Schultern und trat hinter Joe ins Treppenhaus. Gemeinsam stiegen sie in den letzten Stock.

Joe zückte einen Schlüsselbund und öffnete. Mit großer Geste wies er Karlo den Weg ins Innere.

„Schau dich nur um. Ist alles vom Feinsten. Da kannst du einfach nicht nein sagen."

Karlo staunte nicht schlecht, als er sich umschaute. Die Wohnung lag zwar unter dem Dach und wies teilweise schräge Wände auf. Sie besaß aber ebenfalls vier Zimmer mit Küche und Bad und war relativ geräumig. Das Beste allerdings war der Balkon nach Osten mit tollem Blick zum Main hin, der über die gesamte Hausbreite verlief und von nirgendwo einsehbar war. Zwei große Fensterflügeltüren gewährten Zugang zu diesem luftigen Freisitz. Überdies war alles mit relativ neuen Einrichtungsgegenständen möbliert, nicht ohne Geschmack und gar kein Vergleich zu seiner momentanen Wohnsituation im Garten des Motorradclubs.

Karlos Misstrauen befand sich langsam, aber sicher auf einer Art geordnetem Rückzug.

Es schoss ihm jedoch ein ganz anderer, ein verlockender Gedanke durch den Kopf. Was wäre, wenn Jeannette diese Wohnung sehen würde? Vielleicht würde sie sich überlegen, wieder mit ihm ... doch schnell verwarf er den Gedanken an seine Ex-Freundin, die nach wie vor Verwirrung in seinen Gefühlen stiftete. Um im selben Moment doch wieder zu ihm zurückzukehren. Karlo versuchte krampfhaft, emotionslos zu denken.

„Also gut, Joe, lass mal die Hosen runter. Was soll ich tun? Und was kostet mich die Bude hier?“

Die Hände tief in die Hosentaschen gestopft, schaute er den alten Bekannten mit – wie er glaubte – gut gespielter Lässigkeit an.

Der grinste breit.

„Na siehst du, so gefällst du mir schon besser.“

Joe schien seiner Sache sicher.

„Also“, begann er eifrig, „was da unten in der Wohnung gemacht wird, hast du schon erraten. War ja auch nicht schwer. Wir haben da eine, na ja, nennen wir es mal Wohngemeinschaft. Mit ein paar Mädels, die sich die Wohnung für ihre Arbeit teilen. In einer Woche soll die Einführung sein."

Er hielt inne und lachte kurz auf, als er die ungewollte Doppeldeutigkeit seiner Äußerung bemerkte. Einführung, ja, das war gut. Amüsiert erklärte er weiter.

„Die erste der Damen ist schon mal hier, um den Betrieb zum Laufen zu bringen. Und zwar meistens in der Zeit von zwei Uhr nachmittags bis zwölf Uhr nachts. Wenn sich an den Zeiten was ändert, kriegst du das schon mit. Sollte eins von den Hühnern Überstunden machen wollen, ist das ihre eigene Sache."

Kurz schaute Joe auf und prüfte Karlos Reaktion. Der hatte aufmerksam zugehört, dabei aber nicht mit der Wimper gezuckt.

„Deine Aufgabe ist es lediglich, vor Ort zu sein. Ab und zu nach dem Rechten zu sehen, und wenn die Mädels beschäftigt sind, mal auf Zuruf was einzukaufen oder zu reparieren und vor allen Dingen das hier!" Joe unterbrach seine Erklärungen, machte ein wichtiges Gesicht und deutete mit dem Zeigefinger in die Wohnzimmerecke.

„Das hier ist ein Alarmsignal. Wenn irgendein Freier schräg drauf ist oder sonst etwas nicht stimmt, können sich die Mädels damit bei dir bemerkbar machen. Dann machst du dich schnell nach unten und bringst alles wieder ins Lot, wenn du weißt, was ich meine. Ich denke, das kriegst du geregelt, oder? Du hast immer noch einiges drauf, das seh ich doch. Ja, und das ist schon deine ganze Arbeit. Den Rest der Zeit kannst du machen, was du willst. Na, wie hört sich das an?"

Gespannt hatte Karlo gelauscht. Viel mehr als einen halben Tag musste er bei seinem Bekannten Herbert Reinfeld in dessen Dietzenbacher Metallfirma sowieso nicht vor Ort sein. Und wenn es nicht um eine eilige Auslieferung ging, konnte er sich seine Arbeit schon ziemlich frei einteilen. Er würde mit Herbert reden, klar, aber das müsste schon irgendwie hinhauen.

„Wie viel?"

Joes schlaues Lächeln versickerte dünn auf halbem Weg. „Zweihundert. Komplett mit allem. Ich erwarte allerdings, dass du mir hier keinen Saustall draus machst, verstanden?"

Die beiden Männer waren mittlerweile in der Küche angekommen. Karlo saß am Küchentisch. Joe hatte den Kühlschrank geöffnet und Kölner schaute verwundert zu, wie sein alter Kumpel zwei Flaschen Bier herauszog. Mit einem Springmesser, das mit einer flinken Bewegung aus seiner Hosentasche zum Vorschein gekommen war, sprengte er die Kronkorken vom Flaschenrand. Karlo griff schnell zu, als er sah, wie der Schaum langsam aus dem Hals der Flasche quoll, und sog kräftig daran.

„Prost, Alter. Wir sind uns einig?" Ein siegessicherer Zug lag um Joes Mundwinkel und er schaute Karlo erwartungsvoll an.

„Prost, Joe. Ich schlaf noch mal drüber. Lass mir einen Tag Zeit. Ich ruf dich morgen an ..."

Die nächste Dreiviertelstunde gehörte im Wesentlichen einer Retrospektive des Pokalendspiels von 1988 und der Vernichtung von zwei weiteren Flaschen Bier.

Später sperrte Joe die Wohnung ab. Dann machten sich beide Männer auf den Weg nach unten.

„Bist du mit dem Auto hier oder kann ich dich mitnehmen? Ich muss heute sowieso noch mal nach Offenbach rüber. Da kann ich den Schlenker über Oberrad gerne fahren."

Karlo wehrte ab.

„Nein, danke, ich bin mit dem Fahrrad da, lass mal."

„Wie du willst. Da bleibst du wenigstens fit, was?"

Auf dem Weg nach unten hatte Karlo den Schlüssel für sein Fahrradschloss schon gezückt. Die breiten Schultern seines alten Bekannten verdeckten die freie Sicht auf sein abgasfreies Verkehrsmittel.

Karlo schwante nichts Gutes, als er den hämischen Blick Joes bemerkte, den dieser ihm über die Schulter zurückschickte.

„Wie bist du denn mit diesem Ding hergekommen? Trägst du deine Fahrzeuge immer mit dir rum?"

Mit einer bösen Vorahnung überholte Karlo seinen Bekannten auf den letzten Treppenstufen. Dabei erkannte er die Bescherung.

Zumindest war sein Fahrrad dieses Mal nicht gestohlen worden. Es war noch immer sicher am Treppengeländer angeschlossen. Allerdings fehlten die wesentlichsten Merkmale eines solchen Fortbewegungsmittels. Denn irgendjemand hatte die fast neuen Aluräder demontiert und mitgenommen.

Und auch der feine englische Sattel war augenscheinlich einem Kenner in die Hände geraten!

Mit großer Mühe beherrschte sich Karlo. Er wollte vor seinem alten Freund nicht den Eindruck erwecken, dünnhäutig zu sein. Bewusst lässig wandte er sich an Joe.

„Nach Offenbach fährst du? Ich nehme an, in deiner Protzkarre ist auch noch genügend Platz für diesen Schrotthaufen hier, oder?"

–

Beim Strahlenberger Weg angekommen, der von der Offenbacher Landstraße in die Oberräder Gärten führte, stieg Karlo aus, schulterte die Fragmente seines Vehikels und steuerte zu Fuß langsam den Garten des Motorradclubs an. Als er am Gartentor angekommen war, bemerkte er, dass es offenstand.

Vor dem Hütteneingang stand Kristin Kuhl und diskutierte mit ihrem Sohn Gerri. Dabei schaute sie sich mehrfach mit hilfloser Miene um.

Kristins Mann Wolfhard hantierte im Hintergrund mit einem Rasenmäher. Er war Kassenwart des Motorradclubs, der das Gartengelände mit dem hölzernen Häuschen als seinen Clubtreff benutzte. Karlo, dem es schon länger an einer festen Unterkunft mangelte, durfte hierbleiben bis er eine richtige Wohnung gefunden hätte.

Kristin Kuhl bemerkte Karlo augenblicklich und kam eilig auf ihn zugelaufen.

„Karlo, sag mal, hast du unseren Diogenes in den letzten Tagen gesehen?"

Karlo kratzte sich hinterm Ohr. Seit einigen Tagen war ihm der schwarze Kater tatsächlich nicht mehr mit seiner ebenso ständigen wie lautstarken Forderung nach etwas Fressbarem auf die Nerven gegangen. Er hatte sich selbst deshalb schon Gedanken gemacht, gerade auch weil direkt oberhalb des Gartens die Offenbacher Landstraße verlief.

Karlo war das Tier genauso ans Herz gewachsen wie dem Rest der Freunde, die sich hier einmal in der Woche zum Motorradstammtisch trafen. Seit ein, zwei Jahren wohnte der Kater hier im Garten, und zwar in einem alten Holzfass, das Kuhl auf dem Flohmarkt erstanden hatte. Daher rührte, etwas augenzwinkernd, der Name Diogenes.

„Ist mir auch schon aufgefallen", bestätigte Karlo, „ich hatte vor knapp einer Woche ein paar Dosen Katzenfutter besorgt. Und ausgerechnet seitdem habe ich ihn nicht mehr gesehen. Das Futter steht noch in der Hütte. Hoffentlich ist er nicht überfahren worden. Aber oben an der Straße ist mir nichts aufgefallen."

Karlo atmete tief durch und überlegte, wie er Kristin etwas beruhigen könnte.

„Ist halt ein Kater", bemerkte er unbekümmert, „die sind manchmal etwas länger unterwegs, so ist das eben."

Kristin allerdings wirkte nicht überzeugt und sah ziemlich unglücklich aus.

„Wir müssen ein paar Zettel aufhängen. Gerri, du kannst mir bestimmt was auf dem Computer basteln, so eine Art Suchanzeige, mit Telefonnummern zum Abreißen, ja? Vielleicht ist er jemandem zugelaufen. Obwohl, sehr zutraulich zu Fremden ist er normalerweise nicht."

„Klar, mach ich heute Abend", versprach Gerri Kuhl wenig begeistert.

Kölner beschlich das Gefühl, noch etwas Initiative zeigen zu müssen.

„Ich laufe später noch mal die Straße bis zum Mühlberg ab und schaue, ob ich was entdecken kann. Und morgen hänge ich die Zettel auf, wenn er noch nicht wieder aufgetaucht ist. Bring mir die Dinger einfach her, Gerri."

Das klang zwar ziemlich müde, urteilte Karlo über seinen Versuch, Interesse in dieser Angelegenheit zu zeigen. Aber es war durchaus ernst gemeint. Er wäre ebenfalls sehr traurig, sollte dem vierbeinigen Vereinsmaskottchen etwas zugestoßen sein. Seine privaten Neuigkeiten ließen ihn allerdings nach außen etwas zerstreut wirken.

Eine Stunde später machte sich Karlo auf den Weg und lief den Oberräder Fußweg durch die Gärten zum Mühlberg.

Zwischenzeitlich rief er immer wieder den Namen des schwarzen Katers, wohl wissend, dass eine Katze nicht bei Fuß kam wie ein gut gedrillter Hund.

Aber, dachte er sich, vielleicht würde Diogenes seine Stimme erkennen und sich vielleicht an die gefüllten Fressnäpfe erinnern, die er mit diesen Lauten eventuell in Verbindung bringen würde. Natürlich geschah nichts. Der Kater blieb verschwunden.

Es dämmerte bereits, als er kurz vor dem Mühlberg auf die Offenbacher Landstraße stieß und auf der linken Straßenseite oberhalb der Gärten zurücklaufen wollte. Am Lettigkautweg fiel ihm ein, dass ihm die Zigaretten ausgegangen waren. Also lief er zu dem kleinen Geschäft am Anfang der Straße, in dem man neben Zeitschriften, Büchern und Postkarten auch Zigaretten kaufen konnte.

Karlo war nicht zum ersten Mal hier. Er unterhielt sich kurz mit der Frau hinter dem Tresen und erkundigte sich, ob er einen Suchzettel wegen des verschwundenen Katers in die Tür hängen dürfte.

Die nette Frau zeigte sich ebenfalls besorgt und willigte ein. Karlo kündigte an, am nächsten Tag vorbeizukommen.

Wieder auf der Offenbacher Landstraße, ging er nun auf der rechten Seite in Richtung Oberrad. Nach fünfzig Metern hörte er ein jämmerliches Maunzen.

Er blieb stehen und hielt die Luft an.

Vor ihm auf dem Bürgersteig stand ein mannshoher Container. An der Front war er mit einem Zeichen versehen, das dem Roten Kreuz ähnelte. Es war aber in einer etwas dunkleren Farbe gehalten und von der Form auch etwas schräg angelegt. Ein Schriftfachmann hätte wohl *kursiv* dazu gesagt. Oben war der Kasten abgeschrägt, in der Schräge befand sich eine große Klappe, in die man etwas einwerfen konnte. Darunter befand sich ein Pfeil, der auf die Klappe wies. Unterhalb des Pfeils stand: *Altkleider* und *Schuhe bitte nur in Paaren.* Er ging auf den Kasten zu. Wieder hörte er das Jammern.

Kam das etwa aus dem Kasten? Er nahm das Behältnis in Augenschein. Auf der unteren Seite, direkt am Boden, befand sich ein Gitter. Es sah aus wie eine Art Entlüftung. Auf der Rückseite, genau in der Mitte der Kastenwand, befand sich ein ähnliches Gitter und sollte wohl verhindern, dass bei Feuchtigkeit die eingeworfenen Kleidungsstücke stickig wurden.

„Maaauuu!"

Karlo hielt sein Ohr an das Gitter in der Mitte des Kastens. Irgendetwas schien im Inneren verzweifelt an der Wand zu kratzen.

Hatte da ein verfluchter Tierquäler seine unliebsam gewordene Katze entsorgt und in den Altkleidercontainer geworfen?

Diogenes fiel ihm ein. Er ging wieder langsam um den Kasten herum, beugte sich zu dem unteren Entlüftungsgitter und stieß mit der Hand dagegen.

Zu seiner Überraschung bewegte sich das Gitter nach hinten, als sei es an seinem oberen Ende mit Scharnieren versehen. Karlo ging auf die Knie, beugte sich nach unten und drückte die Entlüftungsklappe nach innen.

Ein lautes Kreischen ließ ihn seinen Kopf zurückziehen, als er in das Loch hineinsehen wollte. Ein getigertes Fellknäuel schoss ihm voller Panik entgegen. Karlo verlor das

Gleichgewicht, kippte nach hinten und knallte auf den Rücken. Er spürte vor Schreck die Wunde auf der linken Wange nicht, die ihm das Tier in seiner Angst mit der Vordertatze beigebracht hatte.

Die Katze schoss wie der Blitz über die Offenbacher Landstraße, ohne sich um die Fahrzeuge zu kümmern. Karlo hörte das Quietschen von Reifen, eine Vollbremsung, danach den trockenen metallischen Ton, der entsteht, wenn zwei Fahrzeuge miteinander kollidieren. Kurz darauf war Ruhe.

Auf dem Rücken liegend schaute Karlo am Container vorbei und sah die Katze in den Gärten verschwinden.

Glück gehabt!

Die Ruhe indes dauerte nicht lange. Zwei Autotüren öffneten sich und ein wildes Gebrüll hob an.

„Du Vollidiot, kannst du nicht aufpassen? Noch nie was von Abstand halten gehört?"

Die passende Antwort ließ nicht lange auf sich warten, doch Karlo wurde von irgendetwas abgelenkt. Es sickerte unaufhaltsam in sein Bewusstsein. Er konnte nicht sagen, was es war, aber etwas kam ihm auf eigenartige Weise vertraut oder wenigstens bekannt vor.

Was war das nur ...

Kurz bevor es klick machte, wurde er von einer besorgten Stimme abgelenkt.

„Himmel, sind Sie verletzt? Sie bluten ja – soll ich einen Krankenwagen rufen?"

Karlo schaute auf und sah verwirrt an einem älteren Herrn empor.

„Hat Sie einer der zwei Schreihälse da mit dem Auto erwischt?"

Dann, ganz plötzlich, beobachtete er Karlo misstrauisch.

Der war sich mittlerweile mit der Hand über die Backe gefahren. Als er auf seine Hand blickte und das Blut an seinen Fingern bemerkte, kam auch der Schmerz.

Er stöhnte auf, versuchte benommen, sich aufzurappeln und wollte dem Herrn erklären, dass alles in Ordnung sei, da hörte er dessen Stimme wieder.

Diesmal mit einem lauernden und auch ein wenig empörten Unterton.

„Oder sind Sie etwa betrunken? Um diese Zeit schon? Schämen Sie sich! Wenn das so ist, werden Sie den Herren den Schaden bezahlen müssen ..."

Zwischenzeitlich war Karlo wieder auf die Füße gekommen und schaute zur Unfallstelle. Die beiden Kontrahenten waren wütend aufeinander losgegangen und versuchten mit wild rudernden Armen, ihren Zustand der körperlichen Unversehrtheit dem augenblicklichen Zustand ihrer ramponierten Automobile anzugleichen.

Karlo schüttelte den Kopf. Was es nicht alles gab! Er machte einen Schritt nach vorne und schob den erstaunten Mann sanft zur Seite.

„Nein, nein, alles klar. Mir geht es gut, vielen Dank, mein Herr."

Er überquerte die Straße und machte, dass er schnellstens davonkam.

*Samstag, 10. Oktober*

# 4

Es wurde eine unruhige Nacht. Karlo hatte sich hin und her geworfen. Schwere, trübe Gedanken drückten auf seine Seele. Irgendwann musste er sein Leben endgültig in den Griff bekommen. Dazu zählte nicht nur eine Arbeit. Die besaß er schon seit einiger Zeit, dank seines guten Freundes Reinfeld. Keine besonders große Sache, nur ein paar Stunden in der Woche, aber ein paar Euro kamen immer zusammen. Es reichte zumindest, um sehr bescheiden über die Runden zu kommen. Eine richtige Wohnung jedoch wäre schon mehr als nur ein Anfang zu einer geordneten Existenz. Mit einer funktionierenden Heizung. Einem schönen Bad. Einem weichen, warmen Bett. Und nicht einem alten Bollerofen, einem Waschbecken und einer Feldliege wie hier in der Hütte des Motorradclubs.

Karlo saß an der Theke im Clubhaus, hatte sich ein Bier aufgemacht und war ins Grübeln gekommen. Und wie schon so oft dachte er wehmütig an Jeannette, seine blonde Ex-Freundin. Abends nach Hause zu kommen und nicht allein sein zu müssen, zählte das nicht auch zu einem geregelten Leben? Wie überstand denn Jeannette ihr Alleinsein? Fühlte sie sich wirklich gut dabei? Und sehnte sie sich nicht auch nach einer stabilen Beziehung?

Er unterbrach seine Gedanken für einen kurzen, bitteren Lacher. Eine stabile Beziehung! Gerade mit ihm, Karlo. Es gab durchaus seltene Momente, in denen Karlo zu gemäßigter Selbstkritik fähig war.

Und, dachte er, mit einer tollen Wohnung dokumentierte man schon so etwas wie Seriosität, nicht wahr?

Die Miete fiel ihm ein, zweihundert Euro, das war für ihn einiges, viel zahlte Reinfeld nicht für die paar Stunden, die er in der Firma verbrachte. Auf der anderen Seite – normalerweise kostete eine Wohnung, so wie sie ihm von Joe angeboten wurde, bestimmt weit über sechshundert. Also war die Offerte des alten Kumpels ein absolutes Schnäppchen.

Er atmete ein paarmal tief durch und nahm noch einen kräftigen Schluck. Entschlossen setzte er die Flasche ab und schaltete sein Mobiltelefon ein.

–

Joe Wegener hielt das Handy ans rechte Ohr. Mit der linken Hand versuchte er, seinen Hummer auf der Straße zu wenden.

„Karlo? Ja, einen Moment, warte, ich bin gleich wieder dran ...“

Wegener warf das Handy neben sich auf den Sitz, legte den Rückwärtsgang ein, stieß zurück, drückte den ersten Gang ins Getriebe und bewegte das schwerfällige Fahrzeug die Straße entlang. Hinter ihm hupte es mehrfach, als er sein Handy wieder gegen das Ohr presste.

„So, Karlo, da bin ich wieder. Hast du dich ... was? Was sagst du da? Hundert? Nein, Karlo beim besten Willen, ich ... was?“

Er lauschte kurz und schnaubte durch die Nase.

„Du bist ein fahrender Händler, Karlo. Und ein alter Gauner, aber okay, weil du es bist: hundertfünfzig! Alles klar?"

Joe war an der Kreuzung Pfortenstraße angelangt. Als er die rote Ampel registrierte, war es bereits zu spät. Er donnerte mit siebzig Sachen über die Pfortenstraße. Kein Querverkehr. Glück gehabt!

Wegener grinste gequält.

„Was? Den Schlüssel? Heute noch? Wieso auf einmal so eilig? Na, schon gut, ich hol dich ab. Bist du in deiner Gartenhütte? Bis gleich."

Noch bevor er auflegen konnte, hörte er hinter sich die Sirene.

Er warf das Handy in den Fußraum und hielt links in dem kleinen Stück der Gründenseestraße, das zum alten Bunker führte.

„Einen schönen guten Tag, der Herr! Sie wissen, warum wir Sie angehalten haben?"

Wegener verdrehte die Augen. Immer die gleichen Sprüche. Wie in der Schule. Und das auch noch von einer Streifenbeamtin, einer Frau! Er schob sein Kinn aggressiv nach vorne und legte los.

„Ihr verdammten Weiber! Ihr sagt doch immer, Männer seien nicht multitasking-fähig", schäumte er, „und jetzt, jetzt merkt eine mal, dass sie zufällig ins Schwarze getroffen hat und da ist es auch nicht recht. Ich kann eben nicht beides auf einmal, Auto fahren *und* auf Ampeln achten. Also was?"

Die Beamtin schien nicht sonderlich beeindruckt.

„Sie haben das Telefonieren vergessen", beschied sie Wegener mit kühler Freundlichkeit. „Das klappte doch so nebenbei ganz gut. Und dann hätten wir noch das Fahren ohne Gurt. Und das rücksichtslose Wenden auf einer Hauptverkehrsstraße. Vielleicht haben wir verdammten Weiber ja doch Unrecht."

Auf das kleine süffisante Lächeln der Beamtin, das Wegener unter anderen Umständen ganz reizvoll gefunden hätte, folgte ein eher nüchtern gebelltes Kommando.

„Fahrzeugpapiere, Personalausweis und Führerschein. Und würden Sie bitte aussteigen?"

Der Kollege der Beamtin stand mittlerweile mit coolem Blick neben ihr und beobachtete durch seine verspiegelte Sonnenbrille, wie Joe Wegener missmutig vor sich hin schimpfend aus seiner Spritschleuder kletterte.

–

Karlo stand schon an der Offenbacher Landstraße, als Wegener angefahren kam. Er zog die Beifahrertür auf und stieg ein.

„Tut mir leid, ich habe ..."

Karlo unterbrach ihn schmunzelnd.

„Schon gut, Joe. Ich weiß Bescheid. Übrigens, der Spruch mit dem Multitasking war cool. Ich bin nicht sicher, ob ich mich das getraut hätte. Bist bei Rot drüber, was?"

„Woher weißt du ..."

„Na, du hast dein Handy nicht ausgeschaltet, du alter Schussel. Ich hab alles mitgehört ..."

Der kräftige Mann beugte sich nach vorne und angelte im Fußraum nach seinem Mobiltelefon. Es war immer noch auf Empfang. Wütend legte er auf.

„Verfluchte Scheiße! Kein Spruch mehr, Kölner, klar?"

Zurück in Fechenheim hatte Wegener sich wieder etwas beruhigt.

„Freut mich, freut mich wirklich, dass wir ab jetzt zusammenarbeiten."

Das klang ehrlich, dachte Karlo und sah den alten Bekannten verstohlen von der Seite an. Der hatte mittlerweile direkt vor der Eingangstür einen Parkplatz ergattert. Glück gehabt.

„Kann sein, dass Moni schon da ist. Sie kurbelt den Betrieb schon mal an. In ein paar Tagen kriegen wir zwei neue Mäuschen aus Tschechien. Moni wird ihnen zeigen, wie es hier so abgeht. Normalerweise arbeitet sie drüben in Offenbach. Ist ein heißes Ding, sag ich dir."

Karlo staunte nicht schlecht.

„Offenbach?", fragte er neugierig.

„Ich hab dir doch gesagt: Bei mir läuft ne ganze Menge. Aber das kriegst du schon noch mit, Alter."

Wegener hielt das Thema offensichtlich für beendet und öffnete die Haustür. Schweigend stiegen die beiden Männer die Treppe hinauf. Vor der Tür im vorletzten Stock hielten sie an. Joe Wegener klopfte. Dreimal kurz hintereinander, zweimal mit einer längeren Pause dazwischen.

Nach einer halben Minute öffnete sich die Tür einen Spalt. Zuerst fiel Karlo ein intensiv dunkelroter Haarschopf mit kleinen schwarzen Strähnchen auf.

„Aha", dachte Karlo und zeigte ein leichtes Grinsen, „Nuttenrot, ob das eine Perücke ist?"

Als die Tür ein Stück weiter aufschwang, hätte Karlo beinahe durch die Zähne gepfiffen. Alle Achtung, nicht schlecht, was da auf zirka einem Meter siebzig so alles verteilt war.

„Hallo, Joe, ich hab nicht viel Zeit, in zehn Minuten kommt Kundschaft, ich ..."

In diesem Moment bemerkte sie Karlo.

„Oh, ist er das? Unser Schutzengel?" Ein spöttisches,

aber nicht unfreundliches Lächeln begleitete die Frage auf angenehme Weise. Er war wohl schon angekündigt worden.

„Ja, das ist er. Karlo. Ist schwer in Ordnung, der Junge. Auf den könnt ihr euch verlassen. Was immer auch ansteht – an ihn könnt ihr euch wenden, wenn irgendetwas nicht in Ordnung ist. Er wohnt ab sofort direkt über euch. Die Alarmklingel kennst du ja."

In Karlos Richtung vermeldete Wegener: „Das ist Moni. Tu mir einen Gefallen und sei nett zu ihr, sonst läuft sie uns davon."

Wegener startete den Versuch eines Lächelns. Es wirkte, als hätte jemand eine Kühlschranktür geöffnet.

Karlo spürte eine gewisse Vertrautheit zwischen den beiden. Etwas schien sie zu verbinden. Doch Joes kalte Freundlichkeit verwirrte ihn. Er beschloss, auf der Hut zu sein vor dem alten Kumpel.

Dann trat er einen Schritt vor und streckte die Hand aus.

„Hallo Moni. Nett, dich kennenzulernen. Wie Joe schon sagte: Wenn es Probleme gibt – ich bin da."

Er schaute auf ihren Oberarm und bemerkte einen grünen Drachen, der vom Schulterende ausgehend nach unten auf den linken Arm tätowiert war. Seine gespaltene Zunge leuchtete rot und endete zirka fünf Zentimeter seitlich über dem Ellenbogen.

Joe wollte gerade noch etwas bemerken, da unterbrach die Wohnungsklingel seine Bemühungen.

„Gut – wir wollen dir die Kundschaft nicht verscheuchen. Wir gehen nach oben. Ihr könnt euch ja demnächst ein wenig näher kennenlernen, was?"

Wegener grinste doppeldeutig.

Monika hatte kurz auf den Türöffner gedrückt und nach

einigen Sekunden schon hörte man eilige Schritte auf der Treppe.

Karlo und Joe huschten nach oben.

–

Die Schlüsselübergabe verlief gänzlich unspektakulär. Karlo war zwar ohne bestimmte Erwartungen hergekommen, doch hätte er sich das Ganze aufwändiger, irgendwie viel förmlicher vorgestellt.

Zwei Schlüssel waren ihm von Joe in die Hand gedrückt worden, danach gab es noch eine flüchtige Führung durch die Wohnung. Joe eröffnete ihm dabei, dass er während der „Betriebsstunden" im Haus zu sein hätte, sozusagen erreichbar für die jeweils in der Wohnung befindlichen Damen. Klar.

„Einen Mietvertrag brauchen wir nicht", war ihm lapidar beschieden worden. Und für einen Augenblick, ganz leise, ganz im Hintergrund, formierte sich ein mulmiges Gefühl.

Karlo war dieses Gefühl schnell wieder losgeworden. Er informierte Joe, dass in den nächsten drei Tagen für ihn noch einiges anstünde, ein paar Sachen aus seiner bisherigen Bleibe rüberschaffen zum Beispiel, mit Reinfeld reden und so weiter. Danach würde er mit der neuen „Arbeit" beginnen. Joe war einverstanden.

Karlo erfuhr, dass das „Unternehmen" im Internet beworben wurde und es zu diesem Zweck auch eine eigene Website gab. Etliche Kärtchen mit der Webadresse waren ihm von Joe in die Hand gedrückt worden. Er hatte einen kurzen Blick darauf geworfen und dabei die Augen verdreht: *www.die-mainbogen-girls.de. Wir erwarten den seriösen Herrn.* Sehr sinnig. Wie man sich hier einen seriösen Herrn wohl vorstellte?

Später hatte man sich verabschiedet und Joe war losgefahren. Wieder alleine war Karlo ins Grübeln geraten und musste einmal mehr an Jeannette denken.

Er würde sie jetzt besuchen.

Einen wirklich vernünftigen Plan verfolgte er nicht. Er hatte noch keine Idee. Was sollte er Jeannette nur sagen? Es wäre mit Sicherheit unklug, gleich mit der Tür ins Haus zu fallen. Andererseits drängte es ihn, sie sofort über die neue Lage ins Bild zu setzen. Seine Freude über die schöne neue Wohnung und die Hoffnung, diese könne auf seine Ex-Freundin Eindruck machen, war eben groß. Vielleicht zu groß?

–

Karlo war wie ferngesteuert losgelaufen. Er erschrak fast, als er mit einem Mal vor Jeannettes Haustür stand.

Nach kurzem Zögern legte er den linken Zeigefinger auf den Klingelknopf und drückte.

„Ja?“

Plötzlich spürte er einen Kloß in der Kehle.

„Äh, ja, ich bins, Karlo. Hallo Jeannie. Ich bin gerade zufällig in der Gegend“, stotterte er unbeholfen.

Er ärgerte sich über seine Verlegenheit oder, treffender ausgedrückt, seine Nervosität. Karlo versuchte seiner Stimme einen festeren Klang zu geben.

„Ich hab gute Neuigkeiten“, fuhr er gespielt fröhlich fort, „und da dachte ich, wenn ich schon mal hier bin, erzähle ich zuallererst dir davon.“

„Na, dann komm hoch“, klang es blechern aus dem kleinen Lautsprecher. Der Summer ertönte sogleich und Karlo stieß die Tür auf. Langsam stieg er in den zweiten Stock und überlegte dabei, wie er es anfangen sollte. Bevor er seine geheimsten Gedanken offenlegte. Nun ja, so geheim waren seine Gedanken auch wieder nicht. Seine Ex würde ganz gewiss ahnen, was in ihm vorging seit ihrer Trennung.

Jeannette wirkte ziemlich ungeduldig.

„Jetzt mach es mal nicht so geheimnisvoll, Karlo. Was gibt es denn so Tolles?“

Karlo saß unsicher im blauen Sessel auf der anderen Seite des Couchtisches und rutschte unruhig hin und her.

Unvermittelt war es wie ein Wasserfall aus ihm herausgesprudelt: Große Überraschung, sie würde staunen, und sie solle doch schnell mitkommen, er würde ihr gerne etwas zeigen.

Karlo bemerkte zwar die zahlreichen Fragezeichen in Jeannettes Blick, doch schienen diese nicht wirklicher Neugier zu entspringen. Es war eher eine gehörige Portion Skepsis, die hier zu spüren war. Sein Blick hatte deshalb etwas Flehendes, ja, beinahe schon Beschwörendes, als er fortfuhr.

„Mensch, Jeannie, jetzt komm schon. Du wirst wirklich große Augen machen. Und danach, da lad ich dich zu einem Bierchen in der Mühle ein. Es gibt nämlich tatsächlich was zum Feiern.“

Jeannette gab auf.

„Na gut, du hast gewonnen. Zeig mir eben, was da so wichtig ist.“

Das klang nicht begeistert, eher ein wenig genervt und Karlos Unsicherheit seiner Ex-Freundin gegenüber verstärkte sich wieder.

„Du, mit dem Bier danach wird das aber heute nichts", kam sogleich der nächste Dämpfer, „ich will später nämlich einen Film gucken und danach gleich ins Bett. Ich muss morgen ziemlich früh raus. Leider. Aber wir haben seit einer Woche einen neuen Kunden und da müssen wir eben auch mal sonntags ran."

Na toll! Das lief ja ganz prima! Karlos Schultern sackten nach unten, doch er riss sich zusammen.

Das Parkett seiner männlichen Moral allerdings war gefährlich spiegelblank gebohnert und er hatte überdies das Gefühl, in Strümpfen darauf unterwegs zu sein.

„Komm schon, lass uns gehen, wir werden nicht lange brauchen. Es ist nicht weit."

Jeannette war derweil im Bad verschwunden, und Karlo lief zehn Minuten ungeduldig wie ein kleiner Junge auf dem Flur auf und ab.

Zwanzig Minuten später standen sie vor der Eingangstür von Karlos neuer Bleibe. Stolz schloss er auf, legte die Hand auf Jeannettes Rücken und schob sie in den Flur.

„Ich hätte dich lieber über die Schwelle getragen", bemerkte er noch spitzbübisch, dann wechselte seine Stimmung rasch, „aber du willst ja nichts mehr von mir wissen."

Die Traurigkeit, die seinen Scherz im letzten Satz überlagerte, brauchte Karlo nicht zu spielen.

Er hatte Jeannette gerade ins Wohnzimmer geführt, als es aus seiner Ex-Freundin herausplatzte.

„Du willst mir doch nicht erzählen, dass du hier wohnst? Dass das deine Wohnung ist?"

Jeannette rang zwar nicht gerade um Fassung, doch schien sie wirklich überrascht.

Karlo grinste triumphierend.

Seine Begleiterin schien aber alles andere als fasziniert zu sein und schnitt ein entsprechendes Gesicht.

„Das glaube ich einfach nicht. Wie willst du das denn bezahlen? Deine paar Kröten von Reinfeld werden da nicht reichen! Du hast wieder was Krummes am Laufen! Gibs ruhig zu. Ich kenn dich doch, Karlo!"

Kölner beeilte sich mit der Antwort.

„Diesmal liegst du völlig daneben. Du tust mir wirklich Unrecht. Ich habe eine neue Anstellung, Jeannie, hier im Haus. Ich bin hier jetzt nämlich, äh ...", er überlegte schnell, „sozusagen als Hausmeister angestellt. Alles ganz normal."

Nach kurzem Zögern fügte er hinzu: „Und auch völlig legal."

Von Moni und ihren Kolleginnen in der Wohnung darunter erzählte er lieber nichts.

Deshalb fiel Jeannettes Reaktion ganz unerwartet besser aus, als es Karlo nach ihrer anfänglichen Skepsis hätte erwarten können.

Sie ging einen vorsichtigen Schritt auf Karlo zu und ihre Stimme klang eine Nuance sanfter. Trotz allem kam es dem frischgebackenen Mieter vor, als schwänge da immer noch ein unterschwelliges Misstrauen in Jeannettes Stimme mit.

„Na, so was, da gibts ja tatsächlich was zum Feiern. Wenn das wirklich wahr ist, sind das gute Nachrichten. Aber nicht böse sein, Karlo, die Feier müssen wir trotzdem verschieben. Nächste Woche habe ich auf jeden Fall Zeit. Wollen wir uns da sehen?"

Karlos Pulsfrequenz stieg.

„Klar wollen wir!", brach es aus Karlo heraus, „vielleicht am Mittwoch? Mittwochabend?"

„Okay. Also Mittwoch. Ruf mich an. So gegen fünf Uhr. Dann machen wir was aus."

Während die beiden die Wohnung wieder verließen, schaute sie eilig auf die Uhr.

„Jetzt muss ich mich aber beeilen. Mein Film fängt bald an, den will ich nicht versäumen."

Kurze Zeit liefen sie schweigend nebeneinander her. Bevor ihm die Stille allzu peinlich wurde, heuchelte Karlo Interesse.

„Was läuft denn Schönes in der Glotze?"

Mittlerweile waren die beiden wieder vor Jeannettes Wohnhaus angekommen.

„Na, dieser Film mit Til Schweiger. Den hab ich beim Kinostart versäumt. Und jetzt kommt er endlich im Fernsehen. Wie heißt der noch gleich? Irgendwas mit Hasen war das doch ..."

Karlo zuckte zusammen. Er wollte es gar nicht wissen. Til Schweiger, igitt!

Jetzt brauchte er ein Bier!

Nachdem sich die Eingangstür hinter Jeannette geschlossen hatte, lief er kopfschüttelnd die Mittelseestraße entlang in Richtung Bluesmühle.

*Später, am selben Tag*

# 5

„Hallo Fritz, hallo Greta. Alles klar bei euch?"

Karlo rutschte auf einen Barhocker an der Stirnseite der Theke in der Fechenheimer Musikkneipe Bluesmühle und schaute hinter den Tresen. Niemand da. Nur ein merkwürdig ranziger Geruch erfüllte den Raum und legte sich wie ein warmer Fettfilm unangenehm auf die Nasenschleimhäute.

Fritz hatte, wie fast immer, auf der Theke seine rechte Hand auf die linke seiner Frau gelegt. Seine Linke wiederum war reserviert für die zahlreichen Drinks, die er zusammen mit seiner Frau im Laufe eines Abends zu konsumieren pflegte. „Gemeinsames Hobby", nannte das Karlo.

„Danke, alles gut bei uns", antwortete er freundlich und fuhr schnell fort, als er Karlos enttäuschten Blick zum verwaisten Zapfhahn bemerkte.

„Harry ist in der Küche", verkündete er, „er hat ein Irish Stew gekocht und wir haben beschlossen, es zu probieren."

Er deutete stolz mit der Linken vor sich auf den Tresen. Zwei Pint Guinness, beide nur noch halbvoll, standen dort.

„Da, wir haben uns gleich mal das passende Getränk dazu bestellt."

Karlo hatte sich schon gewundert. Das ältliche Pärchen trank eigentlich traditionell jeden Tag sein gewohntes Gedeck: türkischen Rotwein, dazu ein Gläschen Fernet Branca auf Eis. Heute jedoch schien man eher irischen Traditionen zu huldigen. Er schnupperte vorsichtig und schluckte schwer, ein leichtes Würgen stellte sich ein, als er an Harrys Kochkünste dachte und er hätte urplötzlich gerne einen doppelten Jameson vor sich stehen gehabt.

Gegen das Fett in der Luft.

Alter Hammel, identifizierte er die Duftstoffe, die seine Nase beleidigten ... ja genau, das war es, was hier zur Decke stank. Den momentan noch in der Flasche wartenden Fernet Branca würden die beiden nach dem Essen bitter nötig haben.

„Mutig, mutig", murmelte Karlo leise vor sich hin. „Na prima, da wünsch ich euch schon mal guten Appetit", setzte er etwas lauter hinzu, als er Gretas fragenden Blick bemerkte.

Greta wollte sich schon höflich für diese guten Wünsche bedanken, als die Eingangstür aufschwang und ein Mann in den Gastraum trat. Karlo schien zuerst überrascht, dann aber sichtlich erfreut.

„He, Tobias, wie schön, das wird aber Zeit, dass man dich mal wieder sieht!"

Er war augenblicklich vom Barhocker geglitten und zwei Schritte auf den neuen Gast zugegangen.

Tobias Kaletzke war vor einem Dreivierteljahr nach Fechenheim gezogen. Zu dieser Zeit entwickelte er sich zu einem oft und gern gesehenen Gast in der Bluesmühle. Als Karlo eines Abends erfuhr, dass Kaletzke sich Eigentümer einer MZ nannte, gab es noch mehr gemeinsamen Gesprächsstoff. Kölner hatte nämlich schon vor einiger Zeit von Wolfhard Kuhl ein MZ-Gespann als Dauerleihgabe erhalten, um –

abseits seiner Fahrradleidenschaft – einigermaßen mobil zu sein. In der Folge war Tobias auch das ein oder andere Mal mit seinem geliebten alten DDR-Kraftrad zum Motorradstammtisch im Garten bei Kuhl und seinen Freunden aufgetaucht. Die krausen, dunkelblonden Haare des netten und freundlichen Mannes wurden an der Stirn schon erkennbar schütter, verliehen ihm aber gleichwohl ein fast jungenhaftes Aussehen. Der drahtige Mittdreißiger war etwas kleiner als Karlo, einsfünfundsiebzig vielleicht.

Er ging an Karlo vorbei und gab ihm dabei einen freundschaftlichen Klaps auf den Rücken. Einen Augenblick später saßen die beiden nebeneinander am Tresen.

Aus den Augenwinkeln sah Karlo Harry Weber mit einem Tablett hinter die Theke schlüpfen. Zwei dampfende Teller standen darauf und der Geruch nach altem Hammelfett verstärkte sich.

„Das riecht ja toll, Harry. Hast du wieder ein irisches Spezialrezept ausgegraben?"

Karlo log, dass sich die Balken bogen. Er wusste selbst nicht genau, ob es reine Freundlichkeit oder eine Art Häme war, die ihn bewog, Harry dergestalt Wasser auf die kulinarische Mühle zu gießen. Als er in Harry Webers erfreut aufleuchtende Augen sah, wusste Kölner, dass er einen großen Fehler gemacht hatte.

„Man tut, was man kann", gab der Gelobte selbstbewusst zurück. „Willst du auch eine Portion? Ich habe genug davon gekocht!"

Karlo schoss der Schreck in die Glieder.

„Oh, äh, neinneinnein, ich, äh, ich habe nicht viel Geld dabei, und ich, ja ich wollte eigentlich nur schnell ein Bier trinken ..."

„Du bist doch sonst nicht so zimperlich, wenns ums Anschreiben geht“, dröhnte der korpulente Wirt leutselig, „aber sei es drum, ich spendier dir eine Portion, was sagst du dazu?“

In diesem Moment registrierte er Tobias.

„Schau mal an, der Tobias! Wo hast du denn die ganze Zeit gesteckt? Schön, dich mal wieder zu sehen. Moment, bin gleich wieder da.“

Bevor der entsetzte Karlo reagieren konnte, war Harry auch schon in der Küche verschwunden.

Tobias Kaletzke fing an zu kichern.

„Lach nicht so fies, Mann, Tobias, überleg dir lieber eine Ausrede für mich! Ich glaub, ich verschwinde lieber ...“

Prüfend lenkte er seinen Blick zu Fritz und Greta, die mit gequältem Gesicht in ihren Tellern herumstocherten. Als er zurück zu Tobias schaute, sah er dessen Augen in wilder Panik weit aufgerissen. Einen Augenblick später erkannte Karlo den Grund.

„So“, hörten die beiden Harrys gönnerhafte Stimme, „wenn der verlorene Sohn schon wieder zurückgekehrt ist, soll er wenigstens *auch* was zu essen kriegen. Bitte schön!“

Karlo schaute zurück hinter die Theke. Dort stand Harry mit freudigem Grinsen und platzierte gerade zwei riesige, randvolle Teller des irischen Nationalgerichtes vor den beiden Männern.

Das Kichern von Tobias Kaletzke verstummte schlagartig.

Eine halbe Stunde später saßen vier Menschen mit aschfahlen Gesichtern an der Theke. Karlo war mittlerweile beim dritten Fläschchen Underberg angelangt und musste an Süßholz-Sauer, den Magenbitter-Junkie denken. Vielleicht hatte der Ärmste in seiner Jugend immer Irish Stew essen müssen ... er schüttelte sich und ging eiligen Schrittes zur Toilette.

Als er, leicht vornüber gebeugt und mit der rechten Hand am Magen, zurückkehrte, war er noch fahler.

„Na? Kleine Hammelallergie?“, grinste Tobias, dem der abschließende Schnaps scheinbar besser bekommen war als Karlo.

Karlo winkte ab und bestellte ein Pils. Harry Weber trug seine tiefe Verletztheit offen zur Schau und füllte bewusst nachlässig ein Pilsglas. Als es vor Karlo stand, befanden sich nur noch zwei Millimeter Schaum auf dem Getränk.

Alle Wetter, Harry war tödlich beleidigt!

Karlo zeigte keine Reaktion, stürzte das labberige Bier in einem Zug hinunter und schaute den dicken Wirt an.

„Fabelhaftes Pils. Genau so eins hätt ich gern noch mal. Trinkt sich einfach schneller. Sag mal“, und damit hatte er sich wieder an Tobias gewandt, „wann bringst du endlich mal deine Freundin mit? Jetzt treffen wir uns schon ein Dreivierteljahr immer wieder mal und ich habe Sabine noch nicht kennengelernt.“

Tobias kratzte sich verlegen am Kopf.

„Waren nicht einfach, die letzten Monate. Eigentlich wollte ich nicht darüber reden. Ich habe meine Arbeit in der Agentur verloren und Sabine ist auch schon länger auf der Suche. Es war ganz schön knapp mit dem Geld und da sind wir oft zu Hause geblieben. Bisher habe ich nichts gefunden. Aber Sabine hat jetzt einen tollen Job gekriegt. Wieder was in der Werbung. Das Dumme ist nur, die ganze Woche arbeitet sie nun in Düsseldorf. Manchmal ist sie auch zu Präsentationen unterwegs oder zu Besprechungen bei Kunden vor Ort. Wir sehen uns oft nur jedes zweite Wochenende. Aber es ist endlich wieder Kohle im Haus. Und wir können uns ja weiter umschauen. Wir hoffen, dass Sabine auch wieder was hier in der Nähe findet. Aber du weißt ja, wir haben beide noch unsere eigene Wohnung, das kostet und jetzt ist Sabine, wie gesagt, die Woche über nicht hier. Da ist es immer schön, wenn wir mal etwas Zeit für uns alleine haben. Aber irgendwann klappt das schon mal, ganz bestimmt."

Kaletzkes Miene hellte sich auf. Er senkte den Kopf und schaute Karlo mit einem treuen Hundeblick an. Als er leise fortfuhr, klang es ein wenig schüchtern, fast schon verschämt.

„Da ist noch was, Karlo. Wenn ich wieder eine Arbeit habe, wollen wir endlich zusammenziehen. Vielleicht wird auch mehr draus. Sabine spricht sowieso immer von Familie und so ... nächste Woche stelle ich mich bei einer Agentur in Offenbach vor. Bis das alles spruchreif ist, will ich die Kohle ein wenig zusammenhalten."

Karlo konnte die Beweggründe von Tobias gut nachvollziehen. Ein wenig Zweisamkeit im täglichen Leben fehlte auch ihm. Immer öfter überkam ihn in letzter Zeit dieses Gefühl.

Er mochte Tobias. Vielleicht waren es gerade die verantwortungsgeprägten Gedanken des Mannes mit den krausen Haaren neben ihm, die ihm sagten, von diesen Überlegungen könne man einen Gutteil auch für sich selbst übernehmen.

„Klar, verstehe!"

Im Laufe des Abends war dann, trotz Magenverstimmung, noch das eine oder andere Bierchen dazugekommen, und Karlo musste erschrocken zusehen, wie Kaletzkes Laune im gleichen Maße sank, wie der Alkoholpegel stieg. Irgendwann saß er da, mit Tränen in den Augen.

Karlo sah ihn erschrocken an.

„Mann, Tobi, was ist denn los? Stimmt was nicht?"

„Ach, Karlo, wenn ich das wüsste ..."

Der Mann mit den krausen Haaren ließ unglücklich den Kopf hängen und schien nichts mehr sagen zu wollen.

Dann aber schüttete Tobias sein Herz doch noch aus. Die Woche über sei er immer alleine, manchmal sogar zwei Wochen lang, keine Frau im Bett – er wollte ja auch keine andere, versicherte er – aber trotzdem. Und wenn Sabine dann genervt am Wochenende aus Düsseldorf kam, ließ sie sich immer öfter nicht von ihm anfassen ... ob da nicht doch irgendein anderer ...

Deshalb waren ihm wohl die Tränen gekommen, ganz plötzlich, was bestimmt auch dem Alkohol zuzuschreiben war.

Karlo hatte staunend zugehört. Unerhört. Es war doch überall das gleiche. Doch vielleicht konnte er ihm ja helfen. Zumindest was den einen Teil der Klage betraf ... und da Karlo auch schon nicht mehr ganz nüchtern war, fing er an zu reden.

Kaletzke war nicht ganz klar, was Karlo da erzählte. Oder er wollte es in diesem Moment einfach nicht begreifen. Was, zum Teufel, hatte Karlo mit diesem Milieu zu tun? Und auch noch hier, ausgerechnet in Fechenheim? Hatte er etwas nicht mitgekriegt?

Klar war nur, Karlo erzählte irgendwas von Frauen. Von käuflichen Frauen, so viel bekam Tobias gerade noch mit, man könne diese im Internet bestaunen, das Gesicht wäre zwar unkenntlich gemacht, aber diese Figur ... und überhaupt, mit denen hätte man diese Beziehungsprobleme nicht. Und man müsse keine Angst haben, denn er, Karlo, würde schon aufpassen, und so weiter ...

Karlo hatte neben sich auf die Theke gelangt und den Kugelschreiber gegriffen, der von Harry irgendwann dort abgelegt und vergessen worden war. Er kritzelte etwas auf einen Bierdeckel. Noch während er schrieb, fielen ihm Joes Kärtchen ein und er griff in seine Jacke. Er schob den Bierdeckel achtlos zur Seite und drückte Tobias eines der Kärtchen in die Hand.

„Hier, Tobias, schau mal, du hast doch Internet, oder? Guck dir das mal an. Wenn dir eine gefällt, gehst du einfach hin. Danach kommst du ein Stockwerk höher und wir trinken ein ordentliches Bier zusammen. Na, was meinst du? Dann weißt du wenigstens wieder, wie sich eine Frau anfühlt."

Tobias nahm das Kärtchen zögerlich entgegen und betrachtete es, als säße eine Spinne auf seiner Hand. Kopfschüttelnd steckte er es in die Innentasche seiner Jacke. Es schien ihm alles zu viel zu sein. Karlo begann sich zu fragen, ob er das eben nicht besser für sich behalten hätte.

„Karlo – sei mir nicht böse – ich bin fix und fertig. Ich will nur noch nach Hause. Tut mir leid, wenn ich gerade etwas wehleidig geworden bin."

Karlo nickte verständnisvoll.

„Macht doch nichts, Tobias. Ist schon in Ordnung. Dafür hat man Freunde, meinst du nicht?"

Auf sein Winken eilte Harry Weber herbei.

„Zahlen, Harry. Was kriegst ..."

Ein giftiger Blick ließ Karlo verstummen.

„Geht aufs Haus", kam die grantige Antwort, „und erzählt

mir nicht noch mal, dass ihr Hunger habt. Das könnt ihr vergessen."

Harry war noch nicht fertig. Er war offenkundig nicht so leicht zu versöhnen und wurde nun lauter.

Nicht wenige der hinzugekommenen Gäste hoben erschrocken die Köpfe ob seiner beleidigten Ausbrüche.

„Wenn ihr kein gescheites Essen vertragt, spare ich mir die ganze Arbeit einfach", gab er zum Abschluss schmallippig über die Theke zurück.

„Ah, komm schon, Harry, das hat nichts mit dir zu tun, mir war heute schon den ganzen Tag nicht gut. Ich hätte einfach daheim bleiben sollen."

Karlo lieferte routiniert seine Notlüge ab, rutschte elegant vom Barhocker und lief zum Ausgang.

„Vielen Dank auch, Harry, und nix für ungut ..."

*Sonntag, 11. Oktober*

# 6

An den Anruf erinnerte sich Karlo noch genau. Er hatte sich gefreut, als er Tobias' Stimme hörte.

„He, Karlo, ich habe Hunger und mein Kühlschrank ist leer. Außerdem fällt mir die Decke auf den Kopf, so alleine hier. Und auf die Mühle hab ich gerade keine Lust. Wer weiß, was unser Fechenheimer Schuhbeck wieder zusammengebrutzelt hat."

Es bedurfte keiner großen Überredungskünste, denn Karlo hatte seinen „Dienst" als Schutzengel von Moni und ihren Kolleginnen noch nicht angetreten. Moni empfing zwar bereits den einen oder anderen Herrn, aber heute würde schon nichts passieren, sagte er sich. Und da er überdies jetzt in Fechenheim wohnte, war es für ihn auch nicht so weit zu Tonis Pizzeria, die von Tobias als Treffpunkt ausgewählt worden war.

Er freute sich auf die Pizza, deren Zusammenstellung seiner eigenen kulinarischen Fantasie entsprungen war. Frische Tomaten, Oregano, Lauch, Staudensellerie, Schafskäse und Peperoniwurst. Karlo schmeckte sein eigenes Rezept vorzüglich und Toni hatte diese Variante erfolgreich auf die Speisekarte gesetzt.

Als Karlo in den Gastraum trat, hatte sich Tobias schon

am runden Tisch breit gemacht. Normalerweise saßen hier immer Kurt und Gerti, zwei gute Stammgäste. Die Frau war eine starke Raucherin, und zu fortgeschrittener Stunde, wenn die anderen Gäste das Lokal schon verlassen hatten, gab es des öfteren leidenschaftliche Diskussionen mit dem Wirt, ob das Rauchen nun endlich gestattet sei. Schließlich sei man nun so etwas wie eine geschlossene Gesellschaft. Tonis häufigste Antwort darauf war: „Ihr seid nicht geschlossen, ihr seid dicht ..."

Worauf Toni beschieden wurde, er sei wohl *nicht* mehr ganz dicht. Ein Fremder wäre entsetzt gewesen, doch der Streit des Trios lief ab wie bei einem alten Ehepaar: in aller Freundschaft.

Über den besetzten Stammplatz würden die beiden allerdings nicht glücklich sein, doch es war keineswegs gesagt, dass sie heute noch auftauchen würden. Und so setzte sich Karlo ohne schlechtes Gewissen zu Tobias.

Tobias winkte Toni herbei.

„Machen Sie uns jedem einen Grappa?"

Elegant hatte er die Benennung der Mehrzahl des italienischen Tresterbrandes umgangen. Er war sich nicht sicher, wie es korrekt hieß, grinste in sich hinein und war stolz auf seinen sprachlichen Notausgang.

„Was für einen Grappa?"

Toni schaute zwischen den beiden Gästen hin und her, und sein Blick blieb an Tobias hängen, den er noch nicht so gut kannte.

„Was gibt es denn für welche?"

„Na ja, wir haben den ganz normalen, den für Freunde und den für gute Freunde."

Tobias schaute abwartend. Der Wirt zögerte, schien aber

noch nicht am Ende seiner Anpreisungen zu sein. Nach einer kurzen Pause begann er wieder zu reden.

„Und dann haben wir noch einen Barolo-Grappa."

Er schaute begeistert und fuhr schnell fort: „Aus dem Trester der Nebbiolo-Traube, fünf Jahre im Eichenfass gereift, hat eine tolle Bernsteinfarbe mit ..."

Kaletzke unterbrach den Italiener, dem die Wangen vor Begeisterung glühten.

„Das ist der für die *ganz besonders* guten Freunde, vermute ich?"

Tobias hatte offensichtlich verstanden, und Toni strahlte.

„Für die ganz, ganz besonders guten Freunde", korrigierte er noch und zwinkerte den beiden zu.

„Na, denn ..."

„Sehr gern, der Herr. Das ist wirklich was Besonderes!"

Toni verschwand hinter der Theke und musste sich mächtig strecken, um an die besagte Flasche im oberen Regal heranzukommen.

–

Das Essen lag schon etliche Stunden zurück. Tobias und Karlo waren ganz, ganz, ganz besonders gute Freunde geworden. Ihre Augen erschienen so glasig wie der Boden der leeren Flasche des Barolo-Grappa, die vor ihnen auf dem Tisch stand. Nach dem Essen, zu dem sie Bier getrunken hatten, war dieser besondere Grappa dran gewesen.

Sie waren nunmehr die letzten Gäste und bei Tonis Hausgetränk, einem Rotwein aus Sizilien, angelangt.

Toni saß zurückgelehnt mit am Tisch. Er nippte an einem Pils.

Karlo war das Gelage nicht so gut bekommen wie Kaletzke. Er spürte einen gigantischen Kater heraufziehen – wie eine Gewitterfront. Trotzdem quälte ihn gleichzeitig ein großer Hunger. Gerade als er den Mund öffnen wollte, um Toni zu fragen, ob es denn noch eine Kleinigkeit zu essen gäbe, war der kleine Sizilianer aufgestanden.

„So, Leute. Schluss für heute. Ich mache jetzt zu. Tut mir leid, aber ich muss noch saubermachen. Morgen", er schaute mit gerunzelter Stirn auf seine Armbanduhr und korrigierte sich, „*heute* ist auch wieder ein Tag."

Der ungeliebte Vorgang des Bezahlens war von einigem Murren begleitet. Nach einer weiteren Viertelstunde hellte sich Tonis Miene auf. Die beiden Grappaleichen standen abmarschbereit vor der Tür. Karlo schien im Stehen zu schlafen. Wenn man dieses Schwanken im Winde noch Stehen nennen konnte.

Der Wirt seufzte erleichtert, als er sah, wie Karlo von Tobias aus dem Hoftor auf die Fachfeldstraße gezogen wurde.

Toni ging vor die Tür, um noch ein wenig Luft zu schnappen. Er trat gemächlich auf die Straße und sah dem schwankenden Duo, das die gesamte Fahrbahn für sich beanspruchte, kopfschüttelnd nach.

Hoffentlich kam jetzt kein Auto.

*Montag, 12. Oktober*

# 7

Wenn es gilt, einen schlimmen Kater infolge exzessiven Trinkverhaltens zu vermeiden oder diesen wenigstens in erträgliche Schranken zu verweisen, ist das eine oder andere Glas Mineralwasser im Laufe des betreffenden Gelages das geeignete Mittel. Sagt man. Und dazu unbedingt salzige, fette, im Idealfall auch ziemlich mineralstoffreiche Kost.

Wie bereits erwähnt: so sagt man zumindest.

Nun, mit dem Mineralwasser hatte das eben nicht so recht geklappt, flüsterte ihm der noch aktive Rest seines alkoholgelähmten Bewusstseins zu. Zu viel andere Flüssigkeiten, allesamt wohlschmeckender als Mineralwasser, hatten seine Schluckreflexe in allerhöchstem Maße in Anspruch genommen.

Ein werwolfähnlicher Hunger vermittelte Karlo jedoch, dass mineralstoffreiche Kost jetzt auf keinen Fall hinderlich sein könne. Also bewegte er sich nach kurzem Überlegen schwankend in Richtung Küche, um den Kühlschrank nach eventuell vorhandenen Mineralsalzen abzusuchen.

Vor dem Kühlschrank ging Karlo auf die Knie und zog die Tür auf. Er schaute in den riesigen Innenraum. Viel war es nicht, was seine brennenden Augen an das Wahrnehmungszentrum seines Gehirns weiterleiten konnten. Das lag aber nicht an seinem desolaten Allgemeinzustand. Schuld daran war die karge Bestückung des Vorratsschrankes mit für sein Vorhaben geeigneten Lebensmitteln. Karlo glotzte einen Moment mit ebenso stumpfem wie auch enttäuschtem Blick in das beleuchtete Innenfach, als ihn eine plötzliche Erkenntnis in freudige Erregung versetzte: die Rhöner Leberwurst!

Nach einem kurzen Augenblick des Suchens entdeckte er die würzige Spezialität, die ihm sein Freund Paul Perlig aus der Rhön geschickt hatte.

Na, also, das war es doch: salzig – ja, Fett – auf jeden Fall. Und Mineralstoffe waren in so einer Leberwurst doch ganz bestimmt auch im Überfluss vorhanden, oder?

Also griff er entschlossen nach der Wurst, gab der Kühlschranktür einen Schubser und wandte sich dem Brotkasten zu. Eine Minute später hörte man das sägende Geräusch eines stumpfen Brotmessers, das sich mühsam in einen etwas ältlichen Laib Roggenmischbrot arbeitete.

Karlo hatte Glück. Das verwegene Unterfangen endete unfallfrei. Bald lagen als Produkt seiner Bemühungen zwei Scheiben Brot vor ihm auf dem Küchentisch. Vielleicht einen Hauch dicker und unregelmäßiger, als sie in nüchternem Zustand entstanden wären, aber für den beabsichtigten Zweck durchaus zu verwenden.

Im zweiten Akt seiner Bestrebungen verteilte Karlo eine dicke Schicht des fetten und – so hoffte er – auch mineralstoffhaltigen Brotaufstrichs auf beiden Scheiben. Karlo legte die Leberwurstbrote auf einen Teller, nahm Kurs auf das Schlafzimmer und segelte unsicher seiner nächtlichen Ruhestatt entgegen. Er stellte den Teller auf den Hocker neben dem Kopfende seines Bettes und ließ sich schlaff und mit einem tiefen Seufzer auf die schöne weiche Matratze sinken.

Nachdem er sein Kopfkissen zweimal unter dem Nacken gefaltet hatte, um etwas höher zu liegen, griff er nach links, schnappte sich das erste der beiden Brote und biss herzhaft zu.

–

Das erste Licht des Tages nahm Karlo nur über sein rechtes Auge wahr. Es war aber nicht das Licht, das Karlo als Erstes ins Bewusstsein drang. Der primäre Sinneseindruck nach dem Aufwachen, noch bevor er das rechte Auge richtig öffnen konnte, war die seltsam glitschige Konsistenz seiner Kopfunterlage. Und natürlich dass ihm, abgesehen von rasenden Kopfschmerzen, unglaublich schlecht war. Er versuchte, tief durchzuatmen. Das gelang nur unzulänglich, da sein linkes Nasenloch verstopft war.

Nun versuchte Karlo behutsam, die Augen zu öffnen. Auch hier war ihm nur ein Teilerfolg beschieden. Das linke Auge zeigte sich ebenso verklebt, wie das Nasenloch verstopft.

Zu guter Letzt bemerkte er einen penetranten Geruch nach Fett.

Nach geräuchertem Fett.

Entsetzt richtete er sich auf und langte sich an die linke Gesichtshälfte. Er bemerkte die schleimige Substanz auf seiner linken Wange. Es blieb ihm gerade noch Zeit, sich über den Rand seines Bettes zu beugen, bevor er sich auf das daneben liegende Schaffell übergab. Langsam wischte er sich mit dem Zeigefinger das linke Auge frei. Erst starrte er angewidert auf die fettige graue Masse an seinem Finger, danach auf die Lache halbverdauter Mineralstoffe neben dem Bett.

Für den der Situation eigentlich angemessenen Schwur „Nie wieder Alkohol“ war Karlo zu lebenserfahren.

Doch immerhin schwor er sich, nie mehr Leberwurstbrot im Bett zu essen ...

–

Etwas später stand Karlo schwankend vor der Dusche. Er ächzte leicht, massierte sich seine Schläfen, versuchte, tief und gleichmäßig durchzuatmen und sich zu sammeln. Wie war das bloß wieder passiert? Seine Erinnerung an den Vorabend war wie ausgelöscht. Das Letzte, das ihm einfiel, war das Glas sizilianischer Rotwein, das ihm Toni vor die Nase gestellt hatte. Er hätte das Getränk ablehnen sollen. Doch nun war es zu spät. Er drehte den Wasserhahn auf und stieg mit wackeligen Beinen in die Kabine.

Die Dusche war nicht wirklich hilfreich gewesen. Eine Nassrasur hatte Karlo aus unfallschutztechnischen Gründen erst gar nicht in Erwägung gezogen. Es knisterte daher leise, als er sich prüfend mit dem Handballen übers Kinn fuhr. Seine Haut reagierte so empfindlich, als hätte er starkes Fieber. Das rumpelnde Räderwerk in seinem Kopf signalisierte einen schweren Getriebeschaden.

Er versuchte nachzudenken. Frische Luft? Vielleicht konnte ein kleiner Spaziergang am Main Linderung verschaffen. Er steckte sich Geld in die Hosentasche. Vielleicht wäre ja eine kleine Portion Zitroneneis hilfreich, um Kopf und Magen zu beruhigen.

Er drückte sich die Schläfen und trat ins Treppenhaus. Es klackerte leicht an der Tür. Karlo erblickte seinen Schlüsselbund, der offensichtlich über Nacht an der Eingangstür gesteckt hatte. Ärgerlich drückte er die Tür zu, drehte den Schlüssel einmal um und zog ihn aus dem Schloss.

Diese blöde Sauferei.

Er bewegte sich auf die Treppe zu. Mit zittriger Hand hielt er sich am Handlauf fest und machte sich unsicher auf den Weg nach unten. Schon auf dem Treppenabsatz zum zweiten Stock sah er, dass die Tür zum „Atelier" nur angelehnt war.

Karlo sog tief Luft ein und steuerte auf den Eingang der Wohnung zu. Er hielt ein Ohr an den Spalt und lauschte.

Nichts!

Ein leichter Stoß mit dem Ellenbogen ließ die Tür ein Stück aufschwingen.

„Hallo? Alles in Ordnung?"

Nur das unangenehme Rauschen in seinen Ohren war für Karlo zu vernehmen, als er leise in die Wohnung schlüpfte. Tinnitus alcoholicus, sozusagen.

„Moni, ich bins, Karlo. Bist du alleine? Alles klar?"

Er stieß die Tür zu Monis „Arbeitszimmer" auf. Niemand zu sehen. Das Bett war zerwühlt und ebenfalls verwaist.

Von dem Teppich auf dem Boden links neben dem Bett sah ihm grimmig der Tiger in die Augen. Mutig strebte er dem Raubtier entgegen. Er nahm den Blick kurz von der Großkatze, hob den Kopf zur Zimmerdecke und sah in den dort befestigten großen Spiegel. Das Rauschen in seinen Ohren wurde stärker, als er im Spiegel den Boden auf der rechten Bettseite sah.

Präzise gesagt: Karlo sah rot. Doch es waren nicht die roten Haare von Monika, die Karlos Entsetzen hervorriefen.

Es war Blut!

Das Blut, das, schon angetrocknet, an der Schläfe der Liebesdame zu sehen war.

Karlo konnte, nein, er wollte das nicht glauben. Das konnte doch nicht sein. Seine Gedanken überschlugen sich.

*Nicht schon wieder! Bitte, bitte nicht! Warum immer ich? Warum nur immer bei mir?*

Karlos naturgemäß ausgeprägter Fluchtinstinkt und die Faszination des Grauens hielten sich die Waage. Er stand wie angewachsen neben dem zerwühlten Bett und konnte sich nicht rühren.

Er dachte an den Schlüssel, der außen an seiner Tür steckengeblieben war. Versuchte sich zu erinnern, ob Monis Tür schon in der Nacht offengestanden hatte. Sein Gedächtnis spielte nicht mit. Es war nicht die Spur einer Ahnung vorhanden, wie er nach Hause gekommen war. Filmriss!

Eine Gänsehaut lief ihm über den Rücken. Wenn nun *er* etwas damit zu tun hätte? Natürlich brachte er keine Frauen um! Aber der Verlauf der gestrigen Nacht entzog sich seiner Erinnerung vollständig. Karlo fühlte sich in einer unendlichen Leere gefangen. Keine Zeit, kein Licht, kein Raum, kein Erinnern.

Nach einer kleinen Ewigkeit krampfte sich sein Magen zusammen und die letzten in ihm verbliebenen Leberwurstreste strebten zielbewusst die Speiseröhre nach oben. Karlo hielt sich den Bauch und beugte sich nach vorne.

Als Karlos Magen endgültig zur leberwurstfreien Zone erklärt werden konnte, hatte zumindest der Tiger seinen

Schrecken verloren. Eine unregelmäßige Schicht des Rhöner Metzgereiproduktes bedeckte den Kopf des gefährlichen Fleischfressers fast zur Gänze.

Jetzt überschlugen sich Karlos Gedanken. Bloß keine Spuren hinterlassen! Oh Gott! Vielleicht gab es die ja auch schon? Nichts wie weg hier! Sollte er Joe anrufen? Überhaupt, Joe! War er vielleicht in diese Geschichte hier verwickelt? Und, verdammt noch mal, warum hatte er nur auf diesen blöden Teppich gekotzt? Oder sollte er lieber die Polizei anrufen? Das würde doch ganz bestimmt den Verdacht von ihm ablenken.

Andererseits besaß er gewisse Erfahrungen mit bestimmten Mitgliedern der uniformierten Frankfurter Polizei. Die nur allzu gerne die Gelegenheit nutzen würden, ihm endlich mal was anzuhängen.

Hauptkommissar Gehring von der Mordkommission war da aus anderem Holz geschnitzt. Er hielt sich an die Fakten. Und darauf kam es schließlich an. Wenn er die Polizei anrief, würde er versuchen, den Hauptkommissar ans Telefon zu bekommen.

Allerdings – dieser vollgekotzte Teppichtiger da – das war schon ein wenig peinlich, dachte Karlo. Das brauchte ja niemand mitzubekommen. Und vor Hund und Haffmann, den chaotischen Fechenheimer Streifenbeamten, wollte er auf keinen Fall als Schwächling dastehen.

„Ich lasse das Ding einfach schnell verschwinden und rufe Hauptkommissar Gehring an. Vielleicht bleiben mir auf diese Weise die beiden Knalltüten erspart."

Schweißperlen standen ihm auf der Stirn, als er den geschändeten Tiger zusammenrollte. Er richtete sich mühsam wieder auf und drehte sich um. Ging durch die Schlafzimmertür in den Flur und zog die Eingangstür auf. Als er ins Treppenhaus schaute, stand er vor der Wahl.

Er stand vor der Wahl, in zwei verschiedene, sehr verblüfft dreinblickende Augenpaare zu sehen. Das eine Augenpaar gehörte Dietmar Hund. Das zweite, einen halben Meter rechts davon und etwa siebzehn Zentimeter tiefer, befand sich im Schädel von Manfred Haffmann. Beide trugen nicht nur ihre blaue Uniform am Körper, sondern auch noch ihre Dienstwaffen in der rechten Hand.

„Kölner!", stieß Haffmann japsend hervor. Hund war ebenfalls die Luft für einen Augenblick weggeblieben, als er Karlo so unvermittelt gegenüberstand und hielt den Mund offen. Karlo war nicht weniger verdattert.

„Was macht ihr denn hier?"

Das klang heiser und etwas gehetzt.

„Das fragen wir dich, Kölner. Wir bekamen einen Anruf. Es hieß, hier wäre ein Schuss gefallen. Und bingo – wen finden wir vor? Dich! Was hast du hier zu suchen?"

„Na, ich wohne hier, was denn sonst? Das heißt", er schaute den Beamten verlegen über die Schulter und richtete den Zeigefinger gegen die Flurdecke, als er ergänzte: „Na ja, eigentlich in der Wohnung hier drüber. Aber die Tür stand auf, als ich gerade mal an die frische Luft wollte, und da habe ich mir gedacht, ich schaue mal nach dem Rechten ... ich wollte euch gerade ...

Haffmann unterbrach ihn schroff.

„Ach, stimmt ja! Habs schon gehört. Der feine Herr hat jetzt eine noble Wohnung. Bist wohl mittlerweile als Zuhälter unterwegs, oder wie kannst du dir eine Bude in diesem Haus leisten? Das sind doch bestimmt vier Zimmer.

Bisschen viel für einen Loser wie dich, was? Und überhaupt, was trägst du da aus der Wohnung, Kölner? Ich denke, du wolltest nur nach dem Rechten sehen? Zeig doch mal her!"

Haffmann riss Karlo den zusammengerollten Teppich aus den Händen.

Dietmar Hund war indessen an Karlo vorbei ins Innere des Schlafzimmers getreten. Karlo warf ihm einen schicksalergebenen Blick hinterher.

Polizeiobermeister Hund hob reflexartig den Kopf an, als er den Spiegel an der Decke bemerkte.

„Alter Schwede, hier kanns ja abgehen. Wenn ich da an meine Alte ... um Himmels Willen! Was ist denn das? Da liegt ja jemand!"

Im selben Moment stand Manfred Haffmann im Flur, den gerollten Teppich hoch über dem Kopf erhoben, beide Ecken mit den Händen gepackt und ließ den Rest nach unten rollen.

Rrratsch!

Die Teppichrolle öffnete sich rasant. Manfred Haffmann hatte noch etwas nachgeholfen und das Ganze auf und ab geschüttelt.

Und so war die Rhöner Leberwurst zu ihrem letzten Auftritt an diesem Tag gekommen. Mit einem feuchten Schmatzen schmiegte sich der Tiger inniglich an die frisch gereinigte Uniform des kleinen blonden Streifenbeamten.

Einen Moment lang war Haffmann fassungslos. Dann glaubte Karlo, der Tiger auf dem Teppich wäre zum Leben erwacht und jemand hätte ihn angeschossen. Ein infernalisches Gebrüll erfüllte die Wohnung. Haffmann schäumte und verzog dabei angeekelt das Gesicht.

„Kööölner!!!"

Haffmanns Stimme überschlug sich.

„Du alte Sau! Das hast du absichtlich gemacht! Was ist denn das für eine Schweinerei? Das riecht ja total nach Kotze! Verdammt, ich mach dich fertig, du Hund, verlass dich drauf! Diesmal kommst du mir nicht davon!“

Nur Augenblicke später war Karlo aus dem Schlafzimmer der Entsetzensschrei von Dietmar Hund ans Ohr gedrungen. Als er sich von dem besudelten Haffmann abwandte, um hinter sich zu sehen, blickte er erneut in das höher gelegene Augenpaar. Diesmal war es umgeben von einem sehr blassen Gesicht.

Karlo wollte gerade etwas sagen, da spürte er auch schon, wie sein linker Arm nach hinten gezogen wurde. Er fühlte das kühle Metall um sein linkes Handgelenk, doch die Fessel rastete nicht ein, denn bevor Haffmann auch noch den anderen Arm ergreifen konnte, ließ sich Karlo zu Boden fallen. Er rollte sich einmal um die eigene Achse. Kurz darauf stand er wieder auf den Beinen. Das alkoholbetriebene Karussell in seinem Kopf drehte sich unangenehm schnell. Rasch schüttelte er die stählerne Acht ab, die immer noch an seinem linken Arm baumelte. Als er Haffmann auf sich zukommen sah, streckte er beide Arme nach vorne und packte ihn bei den Schultern. Dadurch bekam er wieder einen etwas festeren Stand. Er holte tief Luft und schubste den kleinen blonden Polizisten zur Seite. Der stolperte und fiel seinem immer noch geschockten Kollegen in die Arme.

Karlo stürmte durch die offene Wohnungstür und schlug sie zu. Im Hausflur zögerte er einen kurzen Moment. Mit einem Griff in seine Jackentasche erwischte er den Schlüsselbund und zog ihn hervor. Fieberhaft suchte er den

Zweitschlüssel für Monis Wohnung und steckte ihn ins Schloss.

Gerade noch rechtzeitig konnte er den Schlüssel drehen, als er auch schon hörte, wie von innen die Klinke gedrückt wurde und einer der Polizisten, laute Verwünschungen ausstoßend, an der verschlossenen Tür riss.

Karlo Kölner drehte sich, ging die Treppe hinunter und verließ zügig das Haus.

*Am selben Tag*

# 8

„Aaach jaa ...!“

Hauptkommissar Georg Gehring schaute aus dem zum Lüften geöffneten Fenster, streckte sich genüsslich wie eine Katze nach allen Richtungen, gähnte ausgiebig und beugte sich nach vorne. Mit einem zufriedenen Lächeln ergriff er seine Kaffeetasse mit der frisch aufgebrühten Costa-Rica-Mischung. Er schnupperte kennerhaft und mit leicht bebenden Nasenflügeln an seiner Tasse und lehnte sich gemütlich in seinen Bürosessel zurück.

Heute würde er das Büro etwas früher verlassen, in aller Ruhe in seinem Lieblingscafe in der Töngesgasse zu Mittag essen und anschließend einen kleinen Stadtbummel machen. Der Hauptkommissar hatte sich schon länger vorgenommen, seine etwas angejahrte Garderobe durch das eine oder andere Kleidungsstück zu ergänzen.

Mit der linken Hand strich er sich über seinen gepflegten kurzgeschnittenen Bart, bevor er die Tasse zum Mund führte.

Der scharfe kalte Luftzug traf ihn daher völlig unvorbereitet. Irgendjemand kreiselte derwischgleich mit erhobenen Händen in sein Büro, knallte die Tür durch einen ungestümen Schlenker mit der Hüfte ins Schloss und blieb schwer atmend vor Gehrings Schreibtisch stehen.

Der Tassenrand befand sich kurz vor seinen Lippen, als Gehring vom heftigen Knall der zuschlagenden Tür aufgeschreckt wurde. Sein Nervensystem reagierte rasant und sehr sensibel. Der akustische Reiz wurde augenblicklich verarbeitet und in Gehrings rechten Arm weitergeleitet. Dieser Vorgang verursachte ein heftiges Zucken in seiner Polizistenhand, die noch volle Tasse wurde ruckartig zur Seite gekippt, ein Teil des heißen Aufgusses breitete sich auf des Hauptkommissars blau-weiß gestreifter Hemdbrust aus und hinterließ dortselbst einige unschöne Flecken.

„Chef, Sie werden es nicht glau ..."

„Reichard!!! Sind Sie von allen guten Geistern verlassen? Welcher Teufel reitet *Sie* denn schon wieder? Können Sie nicht anklopfen wie alle anderen auch?"

Vor Gehring stand die jetzt nur noch halb gefüllte Tasse. Er blickte an sich herab, auf sein beflecktes Hemd, um sodann seinen Kollegen Kommissar Harald Reichard mit grimmiger Miene ins Visier zu nehmen.

„Tschuldigung, Chef, ich konnte doch nicht wissen ..." Reichard zeigte sich peinlich berührt, sprach dann aber mit großem Eifer weiter.

„Chef, Sie werden einfach nicht glauben, was passiert ist!"

„Ich glaube schon lange nichts mehr", blaffte der Hauptkommissar seinen Untergebenen ungehalten an, „also erzählen Sie schon!"

Reichard machte eine kleine Pause. Gehring schien kurz zu überlegen.

„Oder hauen Sie einfach ab. Ich bin sowieso schon so gut wie weg für heute", setzte er ungnädig hinzu.

Reichard überhörte die letzten zwei Sätze geflissentlich.

„K-Karlo Kölner“, stammelte er aufgeregt.

„*Was* sagen Sie da?“

Der Hauptkommissar war, wie von der Tarantel gestochen, aufgesprungen.

„Sie haben richtig gehört, Chef, der Kölner. So wie es aussieht, hat er eine Frau umgebracht. Und die beiden Fechenheimer Kollegen sind am Tatort eingeschlossen. Die haben uns angerufen. Ach ja, wir sollen den Schlüsseldienst mitbringen, wenn wir hinfahren.“

Gehring saß mittlerweile wieder auf seinem Bürosessel und rieb sich mit beiden Händen das Gesicht.

„Reichard, bitte, können Sie mir was verraten?“

„Was denn, Chef?“

Der Kommissar schaute seinen Vorgesetzten mit neugierig flackernden Augen an.

Ein tiefer Seufzer brachte die Frage des Hauptkommissars auf den Weg.

„Ach, Reichard, bitte sagen Sie mir, warum nur habe ich keinen anständigen Beruf gelernt?“

–

„Angeblich wohnt der Kölner im Stockwerk drüber, direkt unter dem Dach. Da sollte sich die Spurensicherung auch mal umsehen, oder?“

Dietmar Hund stand in der Tatwohnung neben Hauptkommissar Gehring und machte ein eifriges Gesicht. Gehring schien abwesend und in Gedanken versunken. Es war doch wie verhext! Er kannte Kölner jetzt schon über zwei Jahre. Immer wieder war dieser Teufelsbraten in überaus fragwürdige Geschichten verwickelt. Bislang war er meist durch eigene Schuld in die Geschehnisse hineingezogen worden. Allerdings war er trotz allem entscheidend an deren Aufklärung beteiligt. Nicht immer ganz legal – aber ein Mord? Kölner war vielleicht ein schräger Vogel – aber an Mord wollte Gehring einfach nicht glauben! Zumindest widersprach das der bisherigen Erfahrung mit dem rauen Burschen, der durchaus auch seine liebenswerten und charmanten Seiten aufwies, wie der Hauptkommissar selbst erfahren hatte.

Gehring wischte die vorhandene Sympathie für seinen alten „Kunden“ beiseite und versuchte, sich auf die Tatsachen zu konzentrieren.

„Ja, ja, selbstverständlich sollten wir das ...“, plötzlich brach er ab und schaute den Streifenbeamten fragend an.

„Sagen Sie bloß, der Kölner wohnt nicht mehr in dieser Gartenhütte in Oberrad.“

„Scheinbar nicht, Herr Hauptkommissar. So wie es aussieht, lässt der hier ein paar Pferdchen laufen. Wird zumindest in Fechenheim rumerzählt. Und weil er alles im Griff haben will, quartiert er sich auch noch im selben Haus ein.“

Dietmar Hunds Fantasie nahm Fahrt auf, und er spekulierte munter weiter.

„Und irgendwann gab es Ärger. Wer weiß, vielleicht hat die Frau manchmal auf eigene Rechnung gearbeitet und Kölner ist dahintergekommen. Es kam zum Streit und Kölner hat geschossen.“

Ein paar Meter weiter hatte Kommissar Reichard Manfred Haffmann auf die Seite genommen.

„Es gab einen Anruf, sagen Sie? Jemand meldete, er habe einen Schuss gehört?“

„Ja, genau. Und daraufhin sind wir hergefahren. Den Rest kennen Sie ja. Aber das habe ich auch schon Herrn Gehring erzählt."

Georg Gehring hatte gehört, wie sein Name ausgesprochen wurde und war gerade zu den Kollegen gegangen, als er aus dem Hintergrund die Stimme des Gerichtsmediziners vernahm.

„Ein Schuss? Die Frau ist aber nicht erschossen worden. Hat keinerlei Schussverletzungen."

Gehring drehte wieder ab und wandte sich dem Mediziner zu.

„Was ist passiert?"

„Sie wurde erschlagen, wie es im Moment aussieht. Die Todesursache ist aber vermutlich Genickbruch. Das jedoch passt nicht ganz zu einem einfachen Schlag gegen den Kopf. Morgen Vormittag kann ich mehr dazu sagen."

„Was bedeutet das?"

„Vielleicht ist sie nach einem Schlag gestürzt. Vielleicht ist sie auch nur gestoßen worden und irgendwo dagegen geprallt. Aber wie gesagt, wir haben erst angefangen. Geben Sie uns noch ein wenig Zeit."

„Ja, schon klar. Danke. Und der Schuss?"

„Keine Ahnung – vielleicht hat sich jemand verhört oder getäuscht."

„Was heißt jemand? Name, Adresse, Telefonnummer ... wer hat denn überhaupt angerufen?"

„Anonym", druckste Haffmann verlegen herum, „war nur ein ganz kurzer Anruf ..."

„Und wem gehören die Wohnungen hier? Wer ist der Eigentümer? Und wer hat die Wohnungen überhaupt angemietet?"

„Soweit ich informiert bin, gibt es da eine Verwaltungsgesellschaft. Außerhalb von Frankfurt. Wir kriegen das raus für Sie, Herr Hauptkommissar."

Haffmann hielt die Hände an die Hosennaht gepresst und schaute Gehring diensteifrig an.

Der konferierte schon wieder mit der Spurensicherung.

„Und die Frau? Wissen wir schon, wer die Frau ist?"

„Keine Hinweise. Kein Ausweis, nichts, auch sonst kaum persönliche Sachen außer ein paar Kleidungsstücken, einem Köfferchen mit Kosmetika und ein paar Sachen fürs Bad. War wohl noch nicht lange in der Wohnung."

„Okay, sehen Sie zu, ob wir etwas über sie im Computer haben, Fingerabdrücke, Fotos, Sie wissen schon."

„Schon klar, Herr Hauptkommissar."

Als Gehring sich umdrehen wollte, blieb er mit dem Blick am Schrank hängen. Er sah die kleine Öffnung an der Seitenwand. Was war denn das? Argwöhnisch öffnete er den Schrank.

„Jetzt schauen Sie sich das an, Reichard. Das sieht gerade so aus, als hätten die ihre Kunden heimlich gefilmt!"

Er pfiff leise durch die Zähne.

Reichard stand mit offenem Mund neben Georg Gehring und schaute auf die kleine Kamera, die hinter dem Loch installiert war.

„Erpressung, Chef?"

„Das müssen wir herausfinden. Möglich wärs."

–

Zwischenzeitlich war auch Karlos Wohnung geöffnet worden und Georg Gehring hatte dessen neues Zuhause betreten. Er konnte nicht so recht glauben, was er sah. Vier Zimmer, die breiten Türen zu dem großzügigen Balkon, eine nicht billige Einrichtung – das sah so gar nicht nach Karlo Kölner aus. Vielleicht lagen Hund und Haffmann doch richtig mit ihrer Vermutung. Gehring schaute aus einer der Balkontüren zum Main. Durch die Bäume sah er einen Kohlefrachter vorbeifahren.

Er öffnete die Tür, und der sonore Klang des voluminösen Dieselmotors drang ihm ans Ohr. Mit einem großen Schritt trat er auf den Balkon und schaute sich nach allen Seiten um. Ein Liegestuhl lehnte zusammengeklappt am Geländer. Er drehte den Kopf ein wenig und sah einen Pappkarton, der dem Liegestuhl gegenüber an der Hauswand stand.

Nach drei Schritten hockte er sich vor den Karton. Eine graue Mülltüte hing zusammengeknüllt über den Rand. Gehring zog die Mülltüte aus dem Karton und schaute hinein. Er konnte einige Zeitschriften sehen, die den Karton bis zur Hälfte füllten.

Auf den Zeitungen lag eine etwa dreißig Zentimeter hohe Drachenfigur aus Metall. Die Figur schien aus Messing zu sein. Ihre Oberfläche zeigte bereits deutlich eine grünliche Patina.

Noch viel deutlicher allerdings erkannte der Hauptkommissar das eingetrocknete Blut am oberen Ende der Skulptur.

*Dienstag, 13. Oktober*

# 9

„Wir haben absolut nichts über die Tote, keinerlei Hinweise. Wir sollten ein Bild in der Zeitung veröffentlichen. Vielleicht kennt jemand die Dame."

Kommissar Reichard lehnte an der Fensterbank in Gehrings Büro und schaute seinen Chef an.

„Das Haus wird von einer Fuldaer Immobiliengesellschaft verwaltet, angeblich wissen die nichts von den, äh, besonderen Geschäften, die in der Tatwohnung betrieben wurden."

„Und die Wohnung war direkt von der Gesellschaft an die Frau vermietet?"

In Gehrings Frage schwangen berechtigte Zweifel mit.

„Nein, nein, das nicht. Gemietet hat die Wohnung ein gewisser ...", Reichard schaute in seinen blauen Hefter, den er die ganze Zeit schon aufgeschlagen in der Hand hielt, „... ein gewisser Josef Wegener. Den wiederum kennen wir ganz gut. Autoschiebereien, Zuhälterei und eine Menge anderer Kleinkram. Zuletzt war er in Hamburg bei uns zu Gast. Vor einem Jahr wurde er entlassen. Seitdem ist er nicht mehr aktenkundig geworden."

Reichard hatte sich von der Fensterbank gelöst und stand nun vor dem Schreibtisch seines Vorgesetzten.

„Übrigens ist die Wohnung, in der Kölner wohnt, ebenfalls von Wegener gemietet. Das gibt für unseren alten Freund kein besonders gutes Bild ab. Diesmal hat er wirklich Probleme."

Der Hauptkommissar schüttelte resigniert den Kopf.

„Sieht fast so aus. Wir müssen den Burschen unbedingt finden. Die Fahndung läuft bereits, hoffe ich. Und was ist mit Wegener?"

„Der hat mittlerweile seinen Wohnsitz in Fulda. Auf die dortige Adresse ist übrigens ein Fahrzeug zugelassen, ein Hummer, so ein prolliger Angeberschlitten."

„Da schau mal einer an. Und weiter?"

„Ja, auf der Drachenfigur, da waren Josef Wegeners Fingerabdrücke."

Reichard machte eine kleine Pause und schaute seinen Chef bedeutungsschwanger an.

„Ja, und?", drängte dieser, „Sie haben doch noch was. Reden Sie schon, Reichard!"

„Na, die Spurensicherung hat auch die Abdrücke von Kölner sichergestellt. Ebenfalls auf der Figur. Und das Blut an diesem Drachen stammt von der Toten. Also haben wir schon mal die Tatwaffe, wie es aussieht."

Gehring kratzte sich am Kopf.

„Dann haben wir jetzt zwei Tatverdächtige, wenn ich richtig mitgezählt habe."

„Na gut, aber vergessen Sie nicht: Immerhin haben wir die Figur auf Kölners Balkon gefunden."

Der Hauptkommissar war aufgestanden und langsam zum Fenster gegangen. Er hatte Reichard den Rücken zugedreht, als er antwortete.

„Das schon, aber wie kommt die dorthin? So blöd kann Kölner doch gar nicht sein, dass er die Tatwaffe in seiner Wohnung versteckt!"

„Das mag ja sein, es ist aber alles, was wir im Moment haben. Deshalb sollten wir die beiden schnellstens finden."

Gehring ging unruhig auf und ab.

„Auf jeden Fall hat Kölner irgendwas mit diesem Josef Wegener am Laufen. So viel ist schon mal klar."

Wolfhard Kuhl kam dem Hauptkommissar in den Sinn. Wie Gehring wohl wusste, war der Zweiradfan ein besonders loyaler Freund von Kölner und hatte ihm in der Vergangenheit immer wieder geholfen. Auch schon mal durch Verschweigen oder Verschleiern der tatsächlichen Vorkommnisse. Zum Schluss war Kuhl aber immer im Recht gewesen mit der Vermutung, Karlo sei in falschen Verdacht geraten. Gehring und Kuhl waren zwar keine Freunde, aber im Hauptkommissar war ein gewisses Vertrauen zu dem wohlbeleibten Motorradfahrer entstanden. Außerdem verband Kuhl und Gehring eine große Leidenschaft zu gutem Kaffee und beide zelebrierten mit großer Freude die Zubereitung exzellent gerösteter und mit Fachkenntnis zusammengestellter Mischungen.

Vielleicht hatte Kuhl mit Kölner gesprochen und deshalb eine Ahnung, wo dieser sich gerade aufhielt. Gehring klappte sein Adressbuch auf, blätterte einen Moment und wählte Kuhls Büronummer.

–

Unterdessen lief Karlo am Mainbogen entlang Richtung Offenbach. Er wusste noch nicht, wie es nun weitergehen sollte. So hatte er schweren Herzens Joes Handynummer gewählt und dem alten Freund von den Geschehnissen berichtet. Kurz darauf hielt Karlo sein Mobiltelefon eine Handbreit von seinem Ohr entfernt. Joe schrie und tobte lautstark und schien völlig die Fassung verloren zu haben.

„Du willst mir damit sagen, dass du dich hast volllaufen lassen? Während mir meine Mädels umgebracht werden? Für was hab ich dich in diese Wohnung gesetzt, du Pfeife, wenn du in der Kneipe rumhängst und dir die Lichter ausschießt?"

„Mensch, Joe, du hast doch selbst gesagt, es wäre okay. Ich sollte doch überhaupt erst ab morgen in der Wohnung sein. Mich hat ein Kumpel angerufen. Der wollte was essen gehen und hat gefragt, ob ich mitgehe. Wir sind dann versackt, Mann, du weißt doch, wie das manchmal geht."

Karlo unterbrach seine Rede und überlegte fieberhaft.

„Joe, ich sag dir doch", redete er beschwörend auf seinen alten Kumpel ein, „ich habe gleich nachgesehen, als ich die offene Wohnungstür bemerkt habe. Da war es schon zu spät, aber das ist doch nicht meine..."

„Umso schlimmer", schrie Wegener Karlos Entschuldigungen nieder, „lässt du dich auch noch von den Bullen bei der Toten erwischen. Wie blöde kann man denn noch sein?"

„Was heißt hier denn blöde?", Karlo verlor die Geduld und wurde nun seinerseits etwas lauter, „ich hab doch versucht, es dir zu erklären, verdammt noch mal. Hörst du nicht zu? Da hat jemand angerufen, er habe einen Schuss gehört. Und wie ich aus der Wohnung rauswollte, standen die Bullen da. Das ist doch nicht meine Schuld."

Joe ließ sich nicht beschwichtigen.

„Auf jeden Fall bleibst du mir jetzt vom Hals, hast du verstanden? Die Sache ist hiermit gelaufen. Ab jetzt werden wir uns nicht mehr sehen. Und auch nicht telefonieren, klar? Die Schlüssel schmeißt du in den Briefkasten von der oberen Wohnung."

Für einen Moment war es still in der Leitung. Doch bevor Wegener das Gespräch endgültig unterbrach, hörte Karlo noch einmal dessen argwöhnische Stimme:

„Und überhaupt, wer garantiert mir denn, dass *du* nichts damit zu tun hast?"

–

„So schnell kann es gehen", dachte Karlo. Eben war er noch stolzer Mieter einer tollen und dazu günstigen Wohnung, Jeannette schien durchaus nicht abgeneigt, sich wieder einmal näher mit ihm zu befassen und plötzlich rann ihm alles durch die Finger. Es war doch wirklich nicht seine Schuld. Er hatte nichts gemacht. Trotz allem aber ahnte er, dass es besser gewesen wäre, die Hände von Joes Angebot zu lassen. So stand er erneut auf der Straße. Keine Wohnung mehr und in den Garten konnte er momentan wohl auch nicht. Die Polizei würde bestimmt ein Auge auf die Hütte haben. Die Schlüssel zu den beiden Wohnungen wollte er allerdings noch behalten. Er war nicht ganz sicher, ob das ratsam war, doch vielleicht könnten sie ihm noch von Nutzen sein.

Als Karlo auf die Uhr schaute, war es schon kurz nach Mittag. Er war während des Gesprächs weitergelaufen und stand nun unter der Carl-Ulrich-Brücke. Gemächlich ging er unter der Brücke hindurch und erklomm die schmale Treppe nach oben. Ein kurzer Stau war auf der Straße entstanden. Hinter der Brücke, auf der Offenbacher Seite, befand sich schon länger eine unübersichtliche Baustelle, und so stockte der Verkehr zuweilen auch schon mal während der Mittagsstunden.

Karlo schaute nach rechts an einem Lkw vorbei Richtung Offenbach und zuckte zusammen. Drei Fahrzeuge weiter vorne rollte ein schwarzer Hummer langsam im Stau über die Brücke. Wegener. Er beschloss, ihm zu folgen.

Karlo betrat die Straße und lief hinter dem Lastwagen her. Jedesmal wenn der Stau zum Stillstand kam, wartete er hinter dem Transporter und ertrug geduldig die argwöhnischen Blicke der nachfolgenden Fahrer.

Direkt hinter der Brücke verlor er Wegener aus den Augen. Der war als Letzter noch bei Gelb über die Ampel gefahren und rechts in die Bettinastraße abgebogen.

Kölner verließ die Deckung des Lastwagens und fiel in einen leichten Trab. An der Einmündung zur Bettinastraße hielt er an und spähte vorsichtig um die Ecke.

Er sah, wie Wegener das gewaltige Fahrzeug in eine freie Parkbucht auf der linken Straßenseite manövrierte. Die Bremsleuchten blitzten noch einmal auf, dann erstarb der Motor und Joe stieg aus.

Karlo zuckte zurück, als Wegener genau in seine Richtung schaute. Kölner presste sich steif an die Hauswand und hielt die Luft an. Hoffentlich hatte Joe ihn nicht bemerkt. Einen Moment wartete er noch, bevor er erneut um die Ecke schaute.

Wegener ging die Straße entlang und bog nach ein paar Schritten zu einer Reihe schmuckloser Wohnblocks ab.

Offenbar war ihm nicht aufgefallen, dass er beobachtet wurde.

Ein paar Sekunden ließ Karlo noch verstreichen, dann huschte er die Straße entlang. Warum er das hier tat, konnte er selbst nicht genau sagen. Doch vielleicht ergab sich zufällig etwas, das ihm weiterhelfen konnte. Er erreichte die Stelle, an der Wegener zu den Wohnblocks abgebogen war. Als er an der langen Reihe der Wohnanlage entlangsah, die sich in einem schmutzigen Braun-Orange präsentierte, bemerkte er gerade noch, wie sich die dritte Eingangstür wieder schloss.

Nur einen Moment später stand Karlo an der Tür und studierte die Namen neben den Klingelknöpfen. In der dritten Reihe bemerkte er ein bekanntes Wort. *Atelier.* Aha, wie in Fechenheim. Da lief wohl noch einiges mehr ...

Doch was sollte er mit dieser Erkenntnis anfangen? Das hieß lediglich, dass Joe noch mehr Geschäfte dieser Art machte. Dass Wegener etwas mit dem Tod von Moni zu tun haben sollte, konnte er nicht glauben. Zumindest nach dem aktuellen Stand der Dinge. Warum auch? Sie war es doch, die dafür sorgte, dass Geld hereinkam. Also irgendein durchgeknallter Freier? Karlo überlegte hin und her, kam aber zu keinem einleuchtenden Ergebnis.

Er drehte sich um, lief wieder in Richtung Straße und überlegte angestrengt, was er nun machen sollte, als das Handy klingelte. Er meldete sich knapp und unpersönlich.

„Ja?"

„Hallo Karlo, hier ist Paul. Paul Perlig. Wie geht es dir? Alles in Ordnung in Frankfurt?"

Karlo holte tief Luft und war selbst überrascht über den unbekümmerten Ton seiner Stimme.

„Paul, wie schön dich zu hören. Ja, alles klar hier bei mir. Und deine Leberwurst, die war absolute Spitze. Vielen Dank noch mal."

Karlo fühlte augenblicklich den säuerlichen Geschmack

des Erbrochenen auf der Zunge. Einen näheren Bericht über den Verzehr der Leberwurst und die unangenehmen Folgen würde er dem lieben Freund aus der Rhön jedoch gnädig ersparen.

„Gern geschehen. Aber mal was ganz anderes, Karlo. Du brauchst doch immer mal ein bisschen Geld, stimmts? Ich hätte eine Menge zu tun für dich. Hier im Garten. Ich komme dieses Jahr einfach nicht selbst dazu. Ich erinnere mich, dass du dich mit dem Schneiden von Obstbäumen auskennst. Und auch der Vorgarten wäre vor dem Winter noch ein wenig zurechtzustutzen. Außerdem habe ich im Keller noch ein Regal aufzubauen – hättest du vielleicht zwei, drei Tage Zeit?"

Na, das war doch ein Wink des Schicksals. Weg aus Frankfurt, und das ganz ohne etwas erfinden zu müssen. Und noch Geld dabei verdienen. Ein Dach überm Kopf und, vor allem: Pauls gute Küche!

Karlo gab sich aber bewusst verhalten.

„Eigentlich gerne, Paul. Aber ich muss erst noch mit Herbert Reinfeld reden, ob er mich die nächsten Tage braucht. Ich rufe dich gleich zurück."

„Alles klar, Karlo. Wäre wirklich schön, wenn es klappt. Bis dann!"

Karlo legte auf und dachte nach. Da gab es ja noch etwas! Er erinnerte sich an das Kennzeichen von Joes Wagen. Schon von Anfang an war er neugierig gewesen, wie Wegener ausgerechnet zu diesem Kennzeichen gekommen war. Die Frage war wieder in Vergessenheit geraten, vielleicht gäbe es aber nun eine Möglichkeit, etwas über die Geschäfte des alten Bekannten herauszubekommen.

Einen Moment stand er noch still da, dann gab er sich

einen Ruck und rief Reinfeld an. Dem Freund und Arbeitgeber war es allem Anschein nach ganz recht, dass Karlo eine kurze Auszeit nehmen wollte.

„Das geht schon klar, Karlo. Es ist gerade ziemlich ruhig bei uns. Melde dich einfach, wenn du wieder da bist. Und sag Paul einen schönen Gruß von mir.“

Zwanzig Minuten später stand Karlo vor dem Fahrscheinautomaten am Offenbacher Bahnhof und zog sich ein Billet nach Fulda.

Paul hatte ihm die Adresse seines Arbeitsplatzes durchgegeben, als er sich noch einmal gemeldet hatte, um zuzusagen. Dabei hatte Karlo versprochen, ihn nach seiner Ankunft im Büro abzuholen. Man würde dann gemeinsam in Pauls Wagen nach Hofbieber fahren.

Als er im Zug saß und die Zeitung durchblätterte, spürte er einen Stich. Ein kleines Bild fiel ihm ins Auge. Das war doch Moni! Kurz darauf erst registrierte er die Überschrift: *Prostituiertenmord im Frankfurter Osten.* Das Weiterlesen verursachte ihm Übelkeit: *Verdächtiger auf der Flucht. War Erpressung im Spiel?* Am Schluss des Artikels wurde um Mithilfe bei der Identifizierung gebeten. Der Artikel hatte aber sonst keine Einzelheiten preisgegeben. Die Polizei geizte – aus ermittlungstechnischen Gründen, wie es hieß – mit Informationen.

Erpressung? Was sollte das bedeuten? Karlo konnte damit nichts anfangen. Während er grübelte und der Regionalexpress gemächlich gen Norden schaukelte, überkam ihn eine bleierne Müdigkeit. Er lehnte sich zurück und schloss die Augen.

Gerade noch rechtzeitig wurde er wach. Als er aus dem Fenster blinzelte, hörte er schon die Bremsen arbeiten. Eine knappe Minute später stieg er aus, durchquerte den Bahnhof und ging den beschriebenen Weg zu Paul Perligs Büro.

Direkt am Eingang gab es einen kleinen Empfang. Eine Frau mittleren Alters führte dort ihr strenges Regiment. Augenscheinlich hatte Paul ihn aber schon angekündigt. Die Frau zwang sich zu einem Lächeln und wies ihm einen Stuhl neben dem kleinen Tresen zu. Danach wählte sie Pauls interne Nummer und kündigte Karlo an.

„Herr Perlig kommt gleich. Haben Sie bitte fünf Minuten Geduld, er bespricht gerade noch etwas mit dem Chef."

Karlo bedankte sich und nahm Platz.

Pauls Bürotür öffnete sich. Paul und sein Chef, „Waldi" Borek, waren im Türrahmen stehengeblieben und wechselten noch ein paar Worte. Karlo war aufgestanden und ging langsam auf die beiden zu, als er sah, dass sie sich verabschiedeten. Paul drehte sich zu ihm.

„Ah, Karlo, da bist du ja schon. Darf ich vorstellen, Herr Borek, das ist Herr Kölner, sozusagen mein Gärtner für die nächsten Tage."

Karlo streckte Borek die Hand entgegen. Der Immobilienmakler begrüßte den Neuankömmling freundlich.

„Borek, guten Tag. Sie sind Gärtner? Sie suchen nicht zufällig eine gutgehende Gärtnerei? Wir haben gerade was Passendes in unser Angebot bekommen."

„Nun, im Augenblick sind meine, äh, Kapazitäten belegt. Aber Herr Perlig kann mich trotzdem informieren. Man weiß ja nie."

„Da haben Sie recht. Man weiß ja nie ....", sinnierte Borek, als Paul und Karlo schon auf den Ausgang zusteuerten.

*Mittwoch, 14. Oktober in Hofbieber/Rhön*

## 10

Wildgulasch mit Klößen!

Karlo musste nur noch die von seinem Freund Paul vorbereiteten Klöße in heißem Wasser gar ziehen und das Gulasch in dem großen schweren Bräter langsam heiß werden lassen.

Nun saß er in Hofbieber in Pauls Haus am Küchentisch und konnte fast nicht aufhören zu essen. Pauls Kochkünste waren eben nicht zu übertreffen. Paul hätte durchaus Geld verdienen können mit diesem Talent, dachte Karlo. Aber der verschwendete seine Kreativität lieber im Büroalltag einer Immobiliengesellschaft.

Karlo rülpste leise, strich sich über den vollen Bauch und dachte an die Arbeit im Vorgarten. Nach diesem reichlichen Essen würde es ihm besonders schwerfallen, sein begonnenes Werk fortzusetzen. Er ließ den Rest des dunklen, aromatischen Rotweins langsam am Grund des Glases kreisen. Dann schnupperte er genießerisch und schnalzte mit der Zunge. Paul hatte ihm eine halbvolle Flasche auf den Tisch gestellt und Karlo verstand das als wohlwollende Aufforderung, diese bis zur Neige zu leeren. Die fehlende Hälfte des verführerischen Tropfens vermutete Karlo – ganz richtig – im Gulasch.

Er ließ den Rest genießerisch über seine Zunge rinnen,

schmatzte, schlürfte laut und schloß verzückt die Augen. Wäre Karlo eine Katze gewesen, er hätte vernehmlich geschnurrt. Nun wäre ein schöner Mittagsschlaf nicht schlecht. Allerdings plagte ihn zeitgleich mit diesem verlokkenden Gedanken ein ziemlich schlechtes Gewissen. Immerhin hatte er Paul versprochen, im Garten einiges in Ordnung zu bringen. Also überließ er Zecke, dem riesigen getigerten Kater, den Part des Schnurrens und der mittäglichen Rast. Dieser hatte das Kissen auf der Kachelofenbank in Pauls Wohnzimmer in Besitz genommen.

Das Tier war vor einem halben Jahr verwahrlost und ziemlich ausgehungert vor Pauls Terrassentür aufgetaucht. Zecke musste gespürt haben, dass Paul ein weiches Herz besaß und war schon nach einigen Tagen der intensiven Prüfung, insbesondere der Erkundung schmackhaft gefüllter Fressnäpfe, bei Paul eingezogen. Widerstand zwecklos. Und wenn bei Paul noch Zweifel bestanden hätten, wären sie von Sina, seiner Nachbarin, zerstreut worden. Sina hatte sich nämlich mit Haut und Haaren verliebt. Nein, nein, nicht in Paul, der allerdings seinerseits die Nachbarin schon lange mit glühendem Herzen betrachtete. Und das leider dergestalt schüchtern betrieb, dass es der Frau seiner Träume bisher nicht wirklich aufgefallen war. Der Kater jedoch hatte Sina Mehlers Herz im Sturm erobert. Paul war das durchaus nicht unrecht, weil die attraktive Frau nun auffallend oft bei ihm klingelte, um nach ihrem vierbeinigen Favoriten zu sehen. In diesem Fall ließ Paul dem grünen Eifersuchtsteufel jedoch keine Chance, sorgte Zecke doch dafür, dass Paul seine Nachbarin nun öfter sah. Tief im Inneren hoffte er natürlich, dass Sina den Kater als Vorwand nutzen würde, um bei ihm vorbeizuschauen. Diese Hoffnung war bis jetzt allerdings nicht in Erfüllung gegangen. Leider.

Karlo seufzte laut, stand schweren Herzens auf, spülte sein Geschirr, trocknete es ab und räumte es in den Küchenschrank.

Der gemütliche Platz am Kachelofen war mittlerweile verwaist und Zecke stand in auffordernder Haltung an der Eingangstür. Karlo musste an Diogenes denken. Er hatte durch die turbulenten Geschehnisse völlig vergessen, dass er Kristin Kuhl versprochen hatte, die Zettel mit der Suchanzeige aufzuhängen. Ob der schwarze Kater mittlerweile wieder aufgetaucht war? Er würde Kristin anrufen und sich entschuldigen. Doch was sollte er ihr erzählen? Nun, bei der Arbeit im Garten würde ihm ganz bestimmt etwas Passendes einfallen.

Dann wurde ihm heiß. Was für ein Tag war heute? Mittwoch? Hatte er sich nicht für heute mit Jeannette verabredet? Er nahm sich vor, sie am Nachmittag anzurufen.

Als er die Tür öffnete und auf die kleine Treppe trat, huschte der Tiger an ihm vorbei in den Vorgarten. Karlo tat es ihm gleich und holte die benötigten Gartengeräte aus dem kleinen Verschlag neben dem Haus.

–

Karlo roch es sofort. Durch den Schnitt war fast zeitgleich dieser intensive Duft in seine Nase gestiegen. Fünf oder sechs Pflanzen waren von Karlo, nach Pauls Anweisung, abgeschnitten worden. Zecke blieb immer in der Nähe und leistete dem Hobbygärtner Gesellschaft. Jetzt allerdings wälzte er sich begeistert auf den abgeschnittenen Pflanzen und schnurrte dabei wie eine Nähmaschine.

Und wieder war da diese dunkle Ahnung. Woher nur kannte er diesen Geruch? Nicht abstoßend, aber auch nicht besonders angenehm, sehr intensiv und eher streng. Der Kater schien es sichtlich zu genießen. Karlos Erinnerungsvermögen aber blieb blockiert. Er beugte sich vornüber und griff nach Zecke.

„Na, komm schon, Dicker, mach Platz, ich muss weitermachen."

Mit leichtem Nachdruck schob Karlo den Kater beiseite, der sich mit beiden Vordertatzen in den Gartenhandschuh verkrallte und spielerisch versuchte, in Karlos Finger zu beißen.

Karlo schüttelte das Tier ab und griff sich die Pflanzen, um sie in die Biotonne zu stopfen. Dabei fielen ihm wieder die Suchzettel ein, die er für Kristin aufhängen wollte. Er schaute auf die Uhr. In einer halben Stunde würde Paul nach Hause kommen. Vielleicht wäre es gut, vorher in Ruhe mit Kuhls Frau zu reden, um ihr das Gefühl zu geben, er hätte sein Versprechen nicht gänzlich vergessen.

Auf der Bank am Kachelofen sitzend, wählte er die Nummer der Kuhls. Der Kater war ihm ins Haus gefolgt, saß einen Meter vor ihm und schaute ihn vorwurfsvoll an.

„Kuhl", hörte Karlo Wolfhard Kuhls Stimme am anderen Ende der Verbindung.

„Hallo Wolfhard, hier ist Karlo. Sag mal, ist Kristin zu Hause? Ich hatte ihr etwas versprochen. Mir ist aber leider was Dringendes dazwischengekommen. Und jetzt wollte ich..."

Karlo war ziemlich verwundert, als er völlig unerwartet und schroff von Kuhl unterbrochen wurde. Gleichzeitig bemerkte er mit großer Besorgnis die offensichtliche Erregung in Kuhls Stimme.

„Was hast du schon wieder an der Backe, du schräger Vogel? Mensch, Karlo, der Gehring hat bei mir angerufen. Die suchen nach dir. Irgendwas läuft doch schon wieder schief, wenn ich mich nicht täusche, und ich täusche mich selten. Also raus mit der Sprache!"

Karlo war nicht im eigentlichen Sinne überrascht. Er wusste aus Erfahrung, Gehring machte seine Arbeit generell gründlich und ermittelte in alle Richtungen. Vielleicht sollte er sich nun endlich telefonisch beim Hauptkommissar melden.

„Was hat er denn erzählt, der Gehring? Kuhl, ich hab nichts gemacht, du kennst mich doch!"

„Na, gerade deshalb. Da stimmt doch schon wieder was nicht, Karlo. Du kannst mir nichts vormachen."

„Na ja", gab Karlo zögernd nach, „da stimmt tatsächlich einiges nicht. Aber das ist wirklich nicht meine Schuld, ehrlich, Kuhl, glaub mir das einfach!"

Karlo wusste nicht, was Kuhl vom Hauptkommissar erfahren hatte und fragte nochmals nach.

„Jetzt sag schon, was hat der Gehring denn erzählt? Das kannst du mir doch sagen."

„Nichts hat er erzählt. Deshalb frage ich dich doch, was los ist. Er sucht dich. Und das reicht ja wohl. Er wird dich nicht gerade zu einer Tupper-Party einladen wollen, was?"

Kuhls Misstrauen war geschürt, das war offensichtlich. Also versuchte Karlo, seinen Freund zu beruhigen.

„Das ist nichts fürs Telefon. Ich erklär dir das persönlich. Und den Gehring, den ruf ich jetzt sofort an. Gleich wenn ich aufgelegt habe. Versprochen! Bist du jetzt beruhigt?"

Bevor Kuhl eine Antwort geben konnte, sprach Karlo

weiter, einerseits, um Kuhl von dem unliebsamen Thema abzulenken, andererseits, weil es ihm keine Ruhe ließ und er hauptsächlich deshalb zum Telefon gegriffen hatte.

„Sag mal, ist Diogenes eigentlich wieder aufgetaucht? Ich wollte doch für Kristin ein paar Suchzettel verteilen."

„Das hat Gerri schon gemacht. Aber es hat sich noch niemand gemeldet."

Karlo wollte auflegen. Da kam ihm eine letzte Frage, die ihm die ganze Zeit im Kopf herumgegangen war.

„Was ganz anderes noch, Kuhl, du kennst dich doch auch ein bisschen im Garten aus. Was ist denn das für eine Pflanze ..."

Er beschrieb Kuhl das Aussehen der gerade abgeschnittenen und entsorgten Gewächse und erwähnte die auffällige Vorliebe von Pauls Kater Zecke für das abgeschnittene Grünzeug.

Kuhl lachte laut und lange. „Was hat er denn nur?", überlegte Karlo verwundert. Dennoch war er zufrieden und entspannte sich ein wenig. Der Freund schien fürs Erste von der unliebsamen Angelegenheit abgelenkt. Als sein Lachanfall nachließ und er näher auf die Frage eingehen wollte, ging Karlo schlagartig ein Licht auf. Kuhls Antwort klang immer noch amüsiert.

„Na, das stand doch auch bei uns im Garten. Klar, dass da die Katzen drangehen. Das ist doch ..."

„Baldrian!", unterbrach ihn Karlo, nun ebenfalls lachend, und bedankte sich schnell.

„Danke Kuhl, vielen Dank. Da hätte ich auch selbst draufkommen können."

Er legte auf. Eigentlich sollte er jetzt die Nummer des Hauptkommissars wählen. Doch augenblicklich war ihm eine weitere Idee gekommen, wie er seine privaten Ermittlungen vorantreiben konnte. Und je mehr er dem Kriminalisten zu erzählen hatte, desto besser stand er da. Davon war Karlo überzeugt. Also verschob er das Gespräch mit Gehring noch einmal.

Dann aber kreisten seine Gedanken noch einen Moment um den Inhalt des soeben geführten Gesprächs. Dabei spürte er, wie ihm das Lachen mehr und mehr verging.

Ein neuer Verdacht stieg in ihm auf.

–

Karlo schaute an seiner leeren Bierflasche vorbei über den Küchentisch zu Paul, der gerade im Begriff war aufzustehen.

„Sag mal Paul, darf ich morgen kurz deinen Computer benutzen? Ich wollte was im Internet nachschauen. Geht das?“

Paul griff sich Karlos leere Flasche und stellte sie neben den Kühlschrank. Er zog die Kühlschranktür auf und holte zwei weitere Flaschen, die er sogleich öffnete. Die eine stellte er vor Karlo auf den Tisch, er selbst blieb stehen und nahm einen kräftigen Schluck.

„Computer? Klar, wieso denn nicht? Was suchst du denn?“

„Ach, so dies und das“, wich Karlo aus. „Mir schwirrt da was im Kopf rum ... ich muss selbst erst einmal sehen ...“

Er zögerte und guckte Paul unsicher an.

Der schickte mit gerunzelter Stirn einen seltsamen Blick zurück zu Karlo, verzichtete aber auf weitere Nachfragen.

„Schon gut. Mach nur. Du kennst dich ja aus, denke ich?“

„Kein Problem. Ich weiß schon Bescheid.“

Das Abendessen war im Vergleich zu Karlos Mittagsmahl ziemlich frugal ausgefallen. Allerdings dominierte in Pauls Haushalt auch hier besondere Qualität. In diesem Fall handelte es sich um regionale Spezialitäten.

Das frische Schwarzbrot stammte von Pauls Lieblingsbäcker. Dazu hatte er seinem Freund liebevoll etliche Rhöner Wurstsorten auf dem runden Kirschholztisch in der Küche angerichtet. Karlo war erneut darüber hergefallen wie ein hungriger Löwe.

Auf den Verzehr der Rhöner Leberwurst allerdings hatte er dieses Mal verzichtet.

Zum Abschluss gönnte sich Karlo noch einen Birnenschnaps. Er beschloss, bald zu Bett zu gehen. Am anderen Tag wollte er in aller Frühe mit der Arbeit beginnen.

Wie immer die auch aussehen mochte.

–

„Dann bis heute Abend."

„Alles klar, Paul, bis später. Ich denke, ich gehe heute an die Obstbäume."

„Mach ganz, wie du denkst. Die Hauptsache, wir werden im Garten diese Woche noch fertig."

Karlo hatte zum Frühstück nur Kaffee getrunken. Sein Appetit war noch nicht richtig erwacht. Sieben Uhr. Viel zu früh. Doch die Arbeit rief.

Als die Haustür hinter Paul ins Schloss fiel, ging Karlo in den ersten Stock und betrat Pauls Büro. Er schaltete den Computer an und wartete ungeduldig, bis er hochgefahren war.

Anschließend aktivierte er die Suchmaschine.

Er gab die Adresse der *Mainbogen-Girls* ein. Nach einigem Suchen fand er über einen Link eine Art Marktplatz, in der hunderte Anzeigen für käufliche Liebe platziert waren. Hier konnte man nicht nur Adressen, Telefonnummern und Angebote nebst Bildern diverser Damen finden, man konnte diese Anzeigen auch in Regionen unterteilt aufrufen.

Er gab als Suchbegriff „Fulda“ ein. Der Bildschirm füllte sich mit zirka 30 Anzeigen.

Nach und nach klickte er die Anzeigen durch. Die achte Anzeige zeigte ihm, allerdings erst auf den zweiten Blick, etwas Bekanntes. „Aneta aus Ungarn“, stand da, „19 Jahre, schlank und willig“ und eine Adresse in der Leipziger Straße in Fulda. Und dann kam es: „2. Stock, klingeln bei *Atelier*“.

Ob das ein Zufall war?

Er überlegte, ob er anrufen sollte. Doch was würde das bringen?

Nein. Er musste das ganz anders anpacken!

–

Es war Karlo nicht ganz wohl, als er in Hofbieber an der Bushaltestelle stand. Es gab noch Arbeit in Hülle und Fülle in Pauls Garten und Paul schien deren Erledigung sehr wichtig zu sein. Doch es trieb ihn, unbedingt seine Nachforschungen anzustellen. Was er genau suchte, wusste er zwar immer noch nicht, aber wenn er untätig blieb, würde er erst recht nicht aus der Sache herauskommen.

„Welche Sache eigentlich?“, murmelte er leise vor sich hin. Er hatte doch nichts angestellt! Er war doch nicht im Besitz einer Schusswaffe. Allerdings war er wieder einmal vor der Polizei geflohen. Aber heute Abend würde er Gehring anrufen, ganz sicher, versprach er sich selbst.

Als er in den Bus nach Fulda einstieg, fühlte er, wie sein Selbstbewusstsein wieder stieg.

Ein wohlbekanntes Kribbeln setzte ein, als er mit dem Daumen auf die Klingel neben dem Schild mit der Aufschrift *Atelier* drückte.

„Hallo?"

Karlo versuchte es neutral.

„Ich würde gerne mal zu dir hochkommen!"

Karlo vernahm die weibliche Stimme, leise und zurückhaltend.

„Hallo? Du angerufen?"

Karlo atmete durch, straffte sich und näherte sich erneut mit dem Kopf der Sprechanlage.

„Mach auf, verdammt! Ich hab eine Nachricht von Joe!"

Karlos Stimme klang nun, als sei es seine tägliche Routine, Befehle zu erteilen. Und zwar solche, die bei Nichtbefolgung ziemlich unangenehme Folgen zeitigen würden.

„Welcher Joe?"

„Joe Wegener. Und jetzt mach auf, sonst wirds unangenehm. Du weißt ja, wie Joe sein kann!"

Karlo wusste das zwar nicht so genau, doch er glaubte, dass diese Ansprache nicht ganz daneben liegen könnte.

Keine Sekunde später, und der Türöffner summte.

„Was sagt Joe?"

Die junge schwarzhaarige Frau sprach sehr leise, mit starkem osteuropäischen Dialekt. Ihre Deutschkenntnisse schienen marginal. Sie konnte nicht viel älter als achtzehn Jahre sein, wenn überhaupt, und wirkte eingeschüchtert.

„Du sollst ab nächste Woche für einige Zeit in Frankfurt arbeiten."

Die Frau schaute erstaunt.

„Das alles? Joe hat schon gesagt."

Karlo hatte während der gesamten Busfahrt fieberhaft überlegt, es war ihm jedoch nichts Besseres eingefallen. So ein Mist. Da sagte er der Frau etwas, das von Joe schon lange geplant war. Ein dummer Zufall? Doch die Frau sprach weiter.

„Und was mit Passport? Ich kriege dann zurück?"

Karlo verzog das Gesicht.

„Wie, Passport? Joe hat deinen Ausweis?"

„Joe wollte brauchen für Meldung, für Aufenthalt ich glaube, für Arbeit, Frankfurt. Nicht mehr in Bett mit Männer. Ein richtig Arbeit!"

Oha, daher wehte der Wind. Das klang nicht gut. Das klang verflucht nach Zwangsprostitution. Karlo war beileibe kein Chorknabe. Mit solchen Geschäften jedoch wollte er nichts zu tun haben. Wenn Joes Finger in so einer Sache stecken sollten, wäre die Geschichte für ihn, Karlo, sowieso beendet. Allerdings vermutete Kölner, dass an einem solchen Fall noch mehr Leute dran hingen. Mit denen würde wohl nicht zu spaßen sein. Er schaute auf die junge Frau hinab, die mit gesenktem Kopf vor ihm auf einer weißen Ledercouch saß, ging drei Schritte zurück und ließ sich in den dazu passenden Sessel fallen, der gegenüber stand.

„Wie lange hat Joe deinen Ausweis schon?"

„Paar Monat. In Juli ich komme hierher. Joe sagt, in Deutschland dauert. Solange ich nicht richtig Arbeit, wegen Polizei."

Dieser Misthund. Er dachte an die Offenbacher Adresse in der Bettinastraße. Da lief allem Anschein nach noch mehr. Vielleicht auf die gleiche Weise?

Karlo dachte an Moni. Die passte überhaupt nicht in dieses Raster. Aber jetzt war sie tot. Und nach ihm wurde genau aus diesem Grund gesucht. Es wurde immer komplizierter. Auf keinen Fall durfte Joe erfahren, dass er hier aufgetaucht war, um die junge Frau auszuquetschen. Er fragte noch einmal nach.

„Was gibt dir Joe", er schaute sich im Zimmer um, „für deine Arbeit hier?"

„Oh, braucht das Geld für Anmeldung. Dafür Wohnung für mich und was für Essen. Aber bald fertig damit."

Kölner schaute die Frau mitleidig an.

„Hör zu, ich will ehrlich sein. Joe wird dir deinen Passport nicht wiedergeben. Er will, dass *das hier* deine Arbeit ist. Weil ihm das viel Geld bringt. Und er will dich auch nicht anmelden. Das kannst du vergessen!"

Die junge Frau war sichtlich erschrocken.

„Aber warum er ..."

Karlo fasste einen schnellen Entschluss.

„Vergiss es! Hör mir jetzt gut zu. Du darfst Joe nicht sagen, dass ich hier war. Nicht sagen, verstehst du? Ich will dir helfen. Ich besorge dir deinen Passport wieder. Du willst das hier doch nicht, oder?"

Das Mädchen wirkte verzweifelt.

„Nein, aber ..."

Karlo war aufgestanden.

„Verlass dich auf mich. Du kannst mir vertrauen. Ich melde mich bei dir. Und kein Wort zu Joe!"

Er fragte noch einmal eindringlich nach: „Hast du das verstanden?"

„Ja."

„Sicher?"

„Ja."

„Gut. Ich melde mich."

Karlo drehte sich um und ging zur Tür. Als er schon fast im Hausflur war, hörte er die Stimme der jungen Frau.

„Hallo?"

Er drehte sich noch einmal um.

„Warum …?"

Er versuchte freundlich zu lächeln und legte dabei den Zeigefinger an die Lippen. Schnell verließ er die Wohnung und schloss die Tür.

Vor der Haustür blieb er einen Moment stehen und überlegte. Er musste jetzt wieder dringend nach Frankfurt. Aber was sollte er Paul sagen? Kölner dachte an den guten Wein, den er zum Wildgulasch getrunken hatte. Na, das war es doch. Er würde eine gute Flasche Wein besorgen und eine entsprechende Entschuldigung schreiben. Mit dem Versprechen, demnächst wieder vorbeizukommen und die Arbeit zu beenden. Ein Blick auf die Uhr zeigte ihm, dass noch etwas Zeit blieb. Vielleicht schaffte er es auch noch, wenigstens den Apfelbaum zu schneiden, der Pauls ganz besonderer Liebling war. So würde er bestimmt nicht böse sein.

Also senkte Karlo den Kopf und fiel in einen leichten Dauerlauf. Als er bei der Ampel ankam, hob er den Blick wieder, schaute nach links und bemerkte, dass für die Fußgänger noch Rot war.

Er konnte nicht sagen, ob Joe ihn bemerkt hatte. Mit Schrecken war Karlo der schwarze Hummer aufgefallen. Geistesgegenwärtig tauchte er hinter einem geparkten Auto ab. Der schwere Wagen wendete auf der Straße, direkt vor der Ampel. Karlo sprang auf und lief los. Als er die Ecke zur Sebastianstraße erreicht hatte, spähte er zurück. Joes Wendemanöver war beendet und der Wagen parkte auf der anderen Straßenseite. Nun stand Wegener vor dem Haus, das Karlo nur Minuten vorher verlassen hatte. Misstrauisch guckte er sich nach allen Seiten um und kramte dabei in den Taschen seiner Jacke, offensichtlich auf der Suche nach dem Schlüssel.

Kaum war Karlo in die Sebastianstraße eingebogen, sah er das Mountain-Bike an der Hauswand lehnen. Sein geschultes Auge bemerkte keinerlei Diebstahlsicherung an dem schönen Stück. Karlo, der Mann schneller Entscheidungen, war Sekunden später auf zwei Rädern in Richtung Königstraße unterwegs.

Das Fahrrad hatte ihm wertvolle Zeit verschafft. Er öffnete die Tür zur Weinhandlung.

Der Weinhändler verabschiedete gerade eine Kundin. Mit zwei Kartons im Arm stand er am Eingang, um sie zum Auto der Frau zu tragen. Karlo hielt den beiden die Tür auf und schlüpfte in den Verkaufsraum.

„Kann ich schon etwas für Sie tun?“

Erfreut bemerkte Karlo die nette junge Frau mit den kurzen blonden Haaren. Sie war aus dem Büro gekommen, die kleine Treppe heruntergestiegen und stand nun direkt vor Karlo.

„Ja, hallo, ich wollte einem guten Freund eine Flasche Rotwein mitbringen und bin mir nicht ganz sicher, was das Richtige ist. Vielleicht irgend etwas Gutes, was er noch nicht kennt. Und“, fügte er etwas verschämt hinzu, „etwas, das nicht allzu teuer ist. Der Herr ist schon Kunde bei Ihnen. Vielleicht kennen Sie ihn und können mir einen Tipp geben."

„Wie heißt der Herr denn?"

„Paul Perlig aus Hofbieber. Soviel ich weiß, kauft er hier regelmäßig ein."

„Ah, der Herr Perlig. Ich weiß schon ... aber da kommt gerade der Chef. Der kennt den Herrn noch besser ..."

Der Ladeninhaber hielt die Arme in die Hüften gestemmt und schaute Karlo offen an.

„Wie kann ich Ihnen helfen?"

Karlo wiederholte sein Ansinnen. Ein freundliches Lächeln erschien auf dem Gesicht des Weinfachmanns.

„Ah, Sie kennen Herrn Perlig? Lassen Sie mich kurz nachdenken ..."

Er entfernte sich ein paar Schritte und erklomm die vier Stufen, die zum hinteren Teil des Ladens führten. Als er zurückkam, hielt er eine schlanke Flasche mit hellem Etikett in der Hand.

„Hier habe ich vielleicht etwas Passendes. Ein Spätburgunder vom Weingut Hubertus Reis an der Mosel. Im Prinzip kennt Herr Perlig den Wein schon. Er hatte etliche Flaschen des vorigen Jahrgangs gekauft. Wir fanden ihn beide richtig gut, relativ opulent und voll für seine Herkunft. Hier habe ich jetzt den neuen Jahrgang. Biologischer Säureabbau, mindestens ein halbes Jahr im Barrique-Fass ausgebaut. Man mag ihn beurteilen, wie man will. Der Jahrgang an sich ist dieses Mal nicht ganz so stark. Es ist eher ein Wein zum Hineinhorchen, wenn Sie verstehen, was ich meine. Er offenbart seine Stärken erst auf den zweiten Schluck, wirkt leichter, mit ein paar zusätzlichen Bitterstoffen und etwas mehr Säure, die möglicherweise noch nachlässt im Laufe der nächsten Monate. Ich finde ihn beinahe komplexer als den vermeintlich besseren Jahrgang. Auf der anderen Seite ist es aber auch Geschmacksache", relativierte er seine Vortrag. Dann schaute er Karlo komplizenhaft an. „Herr Perlig auf jeden Fall wird es lieben, den neuen Jahrgang zu entdecken."

Einen Moment lang fühlte sich Karlo ziemlich überfordert von der detailreichen Beschreibung. Dann jedoch beschloss er kurzerhand, die fachmännische Empfehlung zu beherzigen.

Er nahm zwei Flaschen des angepriesenen Weins. Die Beschreibung hatte nun auch seine Neugier geweckt und er hoffte auf eine passende Stunde, ihn zu probieren. Und Jeannette fiel ihm wieder ein. Jeannette, die ebenfalls einem guten Wein nicht abgeneigt war. Die momentane Situation jedoch war nicht dazu angetan, einen weinseligen Abend in trauter Zweisamkeit zu fördern. Eine gewisse Melancholie erfüllte ihn, als er den Wein bezahlte. Da dachte er an das „geliehene" Fahrrad vor der Tür.

„Wo ist denn hier das nächste Polizeirevier?"

Diese Frage passte so überhaupt nicht zum vorangegangenen Beratungsgespräch. Auch die junge blonde Frau runzelte die Stirn.

Karlo bemerkte die unausgesprochene Frage und beeilte sich, die Situation richtigzustellen.

„Nein, nein, keine Angst, es ist nichts passiert. Ich habe lediglich etwas ... äh ... gefunden, das ich abgeben will.

Das Polizeirevier war nicht weit weg, wie er nun erfuhr. Die Uniformierten waren vor einiger Zeit ins Fuldaer Stadtschloss umgezogen und Karlo war auf dem Weg zur Weinhandlung schon daran vorbeigefahren, ganz ohne es bemerkt zu haben.

„Haben Sie vielleicht ein Telefonbuch da? Ich möchte mir gerne auch noch die Rufnummer vom Revier notieren."

Der Weinhändler schaute etwas misstrauisch, ging aber in sein Büro und blätterte im Telefonverzeichnis. Als er zurückkam, drückte er Karlo einen Zettel mit der gewünschten Nummer in die Hand. Der bedankte sich freundlich für diesen Service und die kompetente Beratung, verließ die Weinhandlung, hängte die Tüte mit den beiden Weinflaschen an den Lenker seiner Leihgabe und fuhr los.

Direkt vor dem Polizeirevier stellte er das Rad ab. Mit eiligen Schritten lief er nun zum gegenüberliegenden Busbahnhof. Sehr gut, der nächste Bus nach Hofbieber würde in knapp zehn Minuten abfahren.

Kurz bevor er in den Bus stieg, wählte er die Nummer des Polizeireviers. Als abgehoben wurde, fiel er dem Beamten sogleich ins Wort.

„Hallo, hören Sie. Hier spricht ein ehrlicher Mensch. Direkt vor Ihrer Tür steht ein geklautes Mountain-Bike. Nicht abgeschlossen. Das können Sie sichern und warten, bis sich der Besitzer meldet."

Er zögerte. Bevor der verblüffte Polizist eine Frage stellen konnte, platzte es noch aus Karlo heraus:

„Und sagen Sie ihm, ich hätte es dringend gebraucht ... sozusagen ein Notfall. Er soll nicht allzu böse sein."

Fröhlich grinsend legte er auf.

Karlo schaffte es tatsächlich noch, wenigstens den Apfelbaum zu stutzen, eine Entschuldigung zu schreiben und den Wein daneben zu platzieren. Den Hausschlüssel legte er dazu. Er verließ das Haus und zog die Tür ins Schloss. Dann schaute er auf die Uhr und registrierte bestürzt die fortgeschrittene Stunde. Himmel, noch drei Minuten! Er rannte los. Gerade noch rechtzeitig erreichte er die Haltestelle. Schwer atmend ließ er sich auf einen freien Sitz fallen.

–

Am Hauptbahnhof Fulda musste Karlo fast eine Stunde warten. Zeit, um sich in Ruhe den Kopf über seine momentane Lage zu zerbrechen. Als der Regionalexpress losfuhr, wuchs so langsam eine Ahnung in ihm, was er tun sollte. Auf der einen Seite müsste er endlich den Hauptkommissar anrufen. Andererseits, was könnte er ihm sagen? Dass er Moni nicht umgebracht hatte? Genau das würde Gehring erwarten und ihm glauben – oder auch nicht. Nein, zuerst musste er etwas in der Hand haben.

In diesem Moment erinnerte er sich. Es war in seinem vernebelten Kopf fast untergegangen. Er rief sich die Szene zurück ins Gedächtnis. Wie war das an jenem Morgen gewesen? Jemand hatte angerufen und einen Schuss gemeldet? Wenn Moni tatsächlich erschossen worden war, dann war er doch raus aus der Sache. Er war nicht im Besitz einer Waffe. Noch nie hatte er so etwas besessen. Das brachte nur zusätzlichen Ärger und provozierte potenzielle Gegner. Vor allem, wenn diese ebenfalls im Besitz einer Feuerwaffe waren.

Er atmete innerlich ein wenig auf und spürte Erleichterung. Zumindest ein kleines Argument konnte er nun vorbringen, wenn er Gehring anrief.

Zuerst allerdings musste er in seine neue Wohnung. Sein restliches Geld und einige andere Sachen waren wichtig für die nächsten Tage. Ein paar frische Klamotten könnten auch nicht schaden. Er hoffte sehr, dass seine Wohnung nicht unter polizeilicher Beobachtung stand. Er musste sehr vorsichtig sein.

–

Karlo fuhr bis zum Frankfurter Hauptbahnhof. Er hätte durchaus schon in Offenbach aussteigen können. Der einsetzende Regen sprach jedoch gegen diese Variante und er wollte nicht zu Fuß nach Fechenheim laufen, sollte der Bus gerade abgefahren sein.

Außerdem konnte er auf der Fahrt vom Hauptbahnhof nach Fechenheim schon mal die Rückseite des Hauses, in dem sich seine neue Wohnung befand, in Augenschein nehmen. Die Straßenbahn fuhr auf dem letzten knappen Kilometer vor der Endstation direkt oberhalb des Mains, zwischen den Wohnhäusern und dem Fluss. Die Gleise liefen dort auch an der dem Main zugewandten Seite des Mietshauses vorbei.

Karlo saß in Fahrtrichtung auf der rechten Seite am Fenster. Fast wäre er eingedöst, doch er hielt sich mit Mühe wach.

Als die Bahn an der Kreuzung Mainkur rechts nach Fechenheim abbog, stieg seine Aufmerksamkeit. Nach zwei weiteren Minuten passierte das Schienenfahrzeug Karlos Wohnung. Karlo schirmte die Innenraumbeleuchtung mit beiden Händen ab und presste seinen Schädel gegen die Scheibe. Nur im ersten Stock brannte Licht. Sonst war nichts Verdächtiges zu bemerken.

An der Endstation Schießhüttenstraße stieg er aus und ging den Fußweg zurück, der oberhalb des Mains parallel zu den Straßenbahngleisen verlief. Es war nun stockfinster, doch gerade das war Karlo recht.

In der Deckung einer großen Pappel beobachtete er die Rückseite des Hauses. Im Erdgeschoss brannte nun auch Licht. Außerhalb des Hauses befand sich niemand, das schien ziemlich sicher. Also marschierte er durch einen Seitenweg zur Hauptstraße und näherte sich so der Vorderfront des Gebäudes mit konzentrierter Wachsamkeit.

Die Reihen der parkenden Wagen beiderseits der Straße waren leer. Karlo hatte sich seine Schiebermütze tief über die Augen gezogen. Jeder, der Karlo kannte, hätte ihn selbstverständlich trotzdem erkannt. Für Karlo jedoch fühlte sich die Kopfbedeckung an wie eine Art Tarnkappe und war somit wenigstens für seine innere Sicherheit zuständig.

Die Ruhe schien ihm verdächtig. Immerhin suchte die Polizei nach einem Mörder. In Karlo selbst wuchs langsam, aber stetig die Angst, dass ihn mehr mit dem Tod der Frau verband, als ihm hätte lieb sein können.

Kein gutes Gefühl.

Unschlüssig ging er an seiner neuen Wohnung vorbei. Er traute dem Frieden nicht so recht und war beunruhigt. An der Ecke, direkt am sogenannten Kleedreieck, lief er Süßholz-Sauer in die dürren Arme.

Der stand dort vor dem Kiosk mit ärgerlichem Gesicht und einer Flasche Bier in der Hand.

Bevor Karlo etwas sagen konnte, eröffnete Sauer mit krächzender Stimme seine Anklage.

„Der Blödmann hätte ruhig noch warten können, bis ich ausgetrunken habe. Ein Bierchen mehr wäre auch nicht schlecht gewesen. Aber nein, man hat wegen Reichtum geschlossen!“

Karlo ignorierte Sauers Entrüstung.

„Hör schon auf, Sauer. Der macht auch wieder auf. Morgen. Aber heute könntest du dir noch schnell einen Zehner verdienen. Willst du mir einen Gefallen tun?"

„Hat das eigentlich geklappt mit der Wohnung?"

Sauers neugieriger Blick bohrte sich durch Karlo hindurch.

„Ja, genau, Wohnung. Darum geht es. Du kannst für mich was aus meiner neuen Wohnung holen. Hier, ich geb dir den Schlüssel. Wenn du mit allem zurück bist, kriegst du die Kohle."

„Hat also geklappt? Aber warum gehst du nicht selbst? Ist doch deine Wohnung, oder?"

Sauer erschien ihm wie das personifizierte Misstrauen. Karlo versuchte unbeholfen zu erklären.

„Ach, Sauer, du kennst doch die Weiber. Ich glaube, da lauert mir irgend so eine Tante auf, die ich neulich mal kennengelernt habe. Ich hab keinerlei Bedarf, die jetzt gerade zu treffen, weißt du, ich will heute keine Diskussionen mehr. Ich brauche aber dringend ein paar Sachen. Und zwar jetzt gleich ... vielleicht ist sie ja auch gar nicht da ..."

Sauer schien nicht vollständig zufrieden, das spürte Karlo, er nickte aber wissend. Dann schielte er Karlo verschlagen an. Karlo dachte an eine Mischung zwischen Frettchen- und Hundeblick.

„Zwanzig? Und ich frag nicht weiter nach?", kam die bauernschlaue Frage.

Karlo hatte keine Nerven zu verhandeln.

„Meinetwegen, du Halsabschneider. Also hör zu, ich brauche Folgendes ..."

Nach dem Ende von Karlos Ausführungen schien Süßholz-Sauer kapiert zu haben. Karlo schaute ihm nach, wie er die Straße überquerte und sich dem Haus näherte. Er sah, wie der dürre Mann die Eingangstür öffnete, wie das Haus ihn verschluckte und kurz darauf das Licht anging.

Karlo wartete gespannt. Auf der Straße blieb alles still. Nur ab und zu fuhr ein Auto vorbei. Nach zehn Minuten wurde er unruhig. Als er fast schon selbst zur Wohnung gehen wollte, um nach dem Rechten zu sehen, flammte das Treppenhauslicht wieder auf.

Im selben Moment, in dem sich die Haustür einen kleinen Spalt öffnete und Sauers faltiger Kopf im Türrahmen zu erkennen war, hielt ein Wagen direkt gegenüber dem Kiosk. Noch im Ausrollen flogen beide Vordertüren auf. Karlo wirbelte herum und erkannte die wohlbekannte blausilberne Lackierung des Automobils.

Sein Schreck dauerte eine, vielleicht auch zwei Sekunden.

Als sich die Erstarrung löste, begann er zu laufen.

*In der selben Nacht*

# 11

Karlo schaute sich gehetzt um. Alles war ruhig. Gut. Er hatte sie wohl abgehängt. Eins jedoch war klar: Er musste unbedingt weg von der Straße. Seine Wohnung konnte er jetzt vergessen. Auf die Hütte in Oberrad hatte die Polizei bestimmt auch ein Auge.

Er war wieder mal ohne eine feste Bleibe.

Also Tobias. Karlo hoffte, dass Sabine noch nicht zu Hause wäre. Vielleicht konnte er bei seinem neuen Freund unterkriechen. Wie er ihn einschätzte, würde er ihm ganz bestimmt helfen.

Noch einmal schaute er sich prüfend um, dann fiel er in leichten Trab. Nach fünf Minuten stand er vor Tobias' Haustür und legte einen Finger auf die Klingel.

Nach einer halben Minute klingelte er erneut.

Die Stimme klang gequält.

„Wer ist denn da? Hallo?"

„Ich bins, Karlo. Bitte, Tobias, lass mich rein. Ich hab Probleme!"

„Sag mal, weißt du, wie spät es ist? Ich ..."

„Bitte! Ich erklär es dir gleich. Tobias, schnell, nun mach schon!"

Ein ärgerliches Brummen war noch aus der Sprechanlage zu vernehmen und Karlo fühlte ungeduldig die Sekunden verstreichen. Endlich gab die Tür dem Druck von Karlos Schulter nach und öffnete sich mit einem schmatzenden Geräusch.

Im Dunkeln stieg er die Treppe hinauf. Im ersten Stock sah er den Lichtschein durch die leicht geöffnete Wohnungstür.

„Ist offen, komm rein."

Karlo drückte sich in die Wohnung und schloss die Tür hinter sich. Vor der Wohnzimmertür hüpfte Tobias ungelenk mit dem linken Bein auf der Stelle und versuchte, sein rechtes Bein in eine Hose zu stecken. Karlo verkniff sich das Lachen. Einen Augenblick später standen beide im Wohnzimmer. Tobias zog den Reißverschluss seiner Hose hoch und schaute Karlo an.

„Ein Bier?"

Karlo zögerte kurz, lehnte aber ab.

„Nein, danke, ist gut gemeint!"

Er vermutete, es wäre sicher besser, nüchtern zu bleiben.

„Wenn es nicht zu unverschämt ist, ein Kaffee wäre mir jetzt ..."

„Schon gut, kommt gleich."

Kaletzke verschwand in der Küche. Gute fünf Minuten später wärmte sich Karlo an der heißen Tasse die klammen Hände.

Er nippte vorsichtig von dem Aufguss und zuckte unmerklich zusammen. Himmel – wenn Tobias irgendwann Georg Gehring diesen Kaffee anbieten würde, könnte er sicher mit drei Jahren Dunkelhaft rechnen. Es schmeckte, als ob der übrig gebliebene Kaffee vom Morgen in der Mikrowelle wieder aufgewärmt worden wäre. Er nahm sich unter den gegebenen Umständen jedoch zusammen und ließ das bittere Gebräu tapfer in sich reinlaufen.

„Also, sag an. Was gibts? Mensch – du siehst ja völlig fertig aus. Erzähl endlich!"

„Ich weiß, dass das jetzt viel verlangt ist, Tobias. Aber ich habe keine Ahnung, wo ich hin soll. Ich muss erst ein paar Sachen klären, ich ... ach Scheiße, hör zu, es ist folgendermaßen: Die Polizei ist hinter mir her."

Karlo bemerkte, wie Tobias zusammenzuckte und die Augen aufriss. Er konnte diese Reaktion durchaus verstehen und versuchte abzuwiegeln.

„Ich hab nichts gemacht, ehrlich. Die denken aber, dass ich es war. Und ich muss sehen, dass ich rauskriege, was da wirklich passiert ist. Sonst buchten die mich ein. Und im Knast hilft mir sowieso keiner. Ja, und da wollte ich dich fragen, ob ich ein paar Tage bei dir unterkriechen kann. In meine Wohnung kann ich jetzt nicht."

„Was hast du denn ausgefressen?"

Tobias bemerkte augenblicklich die Reaktion Karlos und korrigierte sich.

„Okay, ich meine, was sollst du denn gemacht haben?"

„Bleib jetzt bitte cool, Tobias, bitte! Ich hab wirklich nichts gemacht. Du musst mir das glauben."

„Ja, ja, jetzt erzähl endlich. Also, was ist los?"

„Die behaupten, ich hätte eine Frau umgebracht. Die in der Wohnung unter mir, äh, gewohnt hat."

Kaletzke wirkte aufrichtig schockiert.

„Mord? Karlo, also ehrlich, ich will mit solchen Dingen nichts zu tun haben. Schon wegen Sabine ..."

Karlo hörte das Zittern in der Stimme seines Freundes.

„Aber du glaubst mir doch, oder?", fragte er eindringlich. „Du denkst doch nicht, dass ich ... Mensch, Tobias, ich brauche nur ein paar Tage. Ich krieg ganz bestimmt raus, was da passiert ist. Im Knast wären mir die Hände gebunden."

Tobias war zu der großen hellen Wohnzimmerwand gegangen und hatte eine Klappe geöffnet. Er zog eine Flasche hervor und man vernahm ein leichtes Ploppen, als der Korkverschluss aus dem Hals gezogen wurde. Als er zurückkehrte, hielt er ein dickwandiges Glas mit einer dunkelbraunen Flüssigkeit in der leicht zitternden Hand.

„Da brauch ich jetzt erst mal einen kräftigen Schluck drauf. Da", er deutete auf die Couch an der anderen Wand, „du kannst heute Nacht auf dem Sofa schlafen. Und morgen früh reden wir über alles. Ich bin hundemüde, wie du dir vorstellen kannst."

Tobias leerte das Glas in einem Zug und schaute Karlo an. Er bekam große Froschaugen und atmete heftig durch den Mund aus und ein. Karlo blickte auf das leere Glas in der Hand des Freundes.

„Nimm dir ruhig auch einen. Da, im Schrank. Gläser stehen auch dabei. Die kleine Flasche. Hab ich mal zum Geburtstag bekommen. Sagt mir nicht viel, das Zeug, ist höllisch scharf. Soll aber was Gutes sein."

Er stellte das Glas auf dem Tisch ab und ging zur Tür.

„Ich hol dir jetzt eine Decke. Bin gleich wieder da. Ich muss nur kurz in den Keller."

Als Tobias auf dem Weg in den Keller war, zog Karlo die Klappe an der Wohnwand auf und erblickte neben ein paar Durchschnittsspirituosen ein kleines Halblitergebinde. Er nickte anerkennend. Paul Perligs Bekanntschaft hatte bei ihm ihre Spuren hinterlassen. Karlo war zwar kein großartiger Feinschmecker geworden, aber sein Freund aus der

Rhön hatte ihm auch das eine oder andere Getränk, sei es Wein oder auch einen guten Single Malt Whisky, nähergebracht. Und, so glaubte Karlo, nachdem er jetzt für die Nacht eine Unterkunft gefunden hatte, könnte er sich auch eine gehörige Portion davon gönnen. Zumal er neugierig auf den Inhalt war.

Er wusste nämlich von Paul, dass die Brennerei *Edradour* die kleinste Brennerei Schottlands war, unter anderem berühmt für ihre Fassstärken. Straight from the cask – in diesem Fall schlappe 58,1 Prozent. Nun – gerade richtig eben, um die Wogen auf seiner Seele zu glätten.

Nur Augenblicke später legte sich der hochprozentige Gemütsprotektor wie ein schützender Film auf seine überreizten Nervenenden.

Er defilierte langsam an der Wohnwand entlang und begutachtete den Krimskrams, der auf den verschiedenen Regalebenen zur Schau gestellt wurde.

Ein kleines Motorradmodell, eine kleine Weihnachtsmannfigur – etwas früh für Weihnachtsschmuck, dachte er – und eine winzige Kristallvase mit noch winzigeren Plastikblümchen darin.

Sein Blick blieb an einem silberfarbenen Bilderrahmen hängen, der hinter dem Weihnachtsmann stand und dem Betrachter die Rückwand zukehrte. Er nahm den Rahmen in die Hand und drehte ihn um. Eine sehr hübsche dunkelblonde Frau schaute ihn an. Sie trug ein kariertes Holzfällerhemd. Die Ärmel waren hochgekrempelt und ihr Blick war so offen und entschlossen, als wolle sie sogleich beginnen, den Frankfurter Stadtwald abzuholzen. Auf ihrer Nase saß eine Brille, die stark an das Modell von Clark Kent erinnerte, wenn er gerade mal nicht Supermann war. Der

Gegensatz der klobigen dunklen Brille zu ihrem sehr weiblichen Gesicht schuf einen interessanten Kontrast, verlieh ihr ein burschikoses Äußeres. Sehr nett, fand Karlo. Ob das Sabine war?

Er registrierte aber noch etwas.

Ein Detail nur, ein kleines, ein winziges Detail, das er in seiner nun überfallartig eintretenden Müdigkeit sofort wieder aus den Augen verlor und anschließend in einem gewaltigen Schluck Edradour ersäufte.

Zur selben Zeit fiel im Flur die Tür lautstark ins Schloss. Karlo hustete kurz, so, als hätte er sich verschluckt und stellte das Bild hastig ins Regal zurück.

Tobias trug eine große, prall gefüllte blaue Mülltüte unter dem Arm, als er ins Wohnzimmer trat.

„Noble Geschenke", schlug ihm Karlos Stimme entgegen, „ich hoffe, das war okay, dass ich mir einen davon genehmigt habe."

„Hab ich doch gesagt. Ist mir einfach zu stark. Man soll noch etwas stilles Wasser dazumischen, das öffnet angeblich das Aroma. Hat man mir auf jeden Fall empfohlen. Aber ich habe weder stilles Wasser noch den Nerv für solche Rituale. Kannst du dir gerne mitnehmen, wenn du willst."

Karlo ging nicht näher auf das generöse Angebot ein und schaute Tobias zu, wie er eine dicke Decke aus der Plastiktüte zog.

„Hier, das wird dir warm genug sein. Ist Sabine einfach zu schwer gewesen im Sommer. Aber für kurze Zeit", er unterbrach sich und schaute Karlo scharf an, „für kurze Zeit wird das schon gehen. Ich möchte nicht, dass du hier Wurzeln schlägst."

Karlo war die kleine Spitze nicht entgangen. Er nahm Tobias die Decke aus der Hand und schüttelte sie kurz auf. Sabines Decke? Er dachte an das Bild auf dem Regal. Nun, er würde bestimmt gut schlafen ...

„Danke, Tobias, das vergesse ich dir nicht. Und keine Angst, ich brauche nur ein paar Tage."

„Na dann, gute Nacht, Karlo. Zum Frühstück Kaffee?"

Karlo verzog das Gesicht, als er an den Schreckenstrank dachte, den er kurz zuvor verkosten musste, riss sich aber zusammen.

„Kaffee? Ja klar, gerne", beeilte er sich zu sagen. „Und danke noch mal!"

„Schon gut. Bis morgen."

Kaletzke drehte sich und sein Blick streifte dabei erneut die Wohnwand. Als der silberfarbene Bilderrahmen in sein Blickfeld geriet, schien er für einen kleinen Moment in der Bewegung innezuhalten. Er ging zum Regal und Karlo dachte, Tobias wolle sich – Schärfe hin, Alkoholstärke her – doch noch schnell einen Gutenacht-Trunk holen. Karlo saß auf der Couch und zog seine Schuhe aus.

Als Karlo wieder aufschaute, war Kaletzke im Begriff, das Wohnzimmer zu verlassen. Er wirkte nun sehr erschöpft, hatte die Hand aber noch einmal zum Gruß gehoben, als er auf den Flur schlurfte.

„Schlaf gut!", klang es rau in Karlos Ohren.

Karlo zog seinen Pullover und seine Jeans aus, streckte sich müde, gähnte und setzte sich wieder auf die Couch. Den Kopf in die Hände gestützt, schaute er gedankenverloren vor sich auf den Boden.

Sabines Bild, Sabines Decke!

Bevor er das Licht löschte, schaute Karlo noch einmal zum Regal hinüber. Er kniff überrascht die Augen zusammen.

Der silberne Bilderrahmen war verschwunden!

*Freitag, 16. Oktober*

# 12

Während des Frühstücks hatte eine betretene, fast peinliche Stimmung geherrscht. Karlo hatte sich gewundert, dass Tobias nicht versuchte, weitere Einzelheiten über die Geschehnisse herauszubekommen. Andererseits war er froh darüber, nicht weiter berichten zu müssen. Der Kaffee war wider Erwarten trinkbar gewesen, hatte jedoch nichts an der beklemmenden Atmosphäre zwischen den beiden Männern ändern können.

Karlos Bericht über seinen schweren Kater nach dem alkoholischen Exzess bei Toni hatte sich in der Schilderung seiner desolaten Befindlichkeit am anderen Morgen erschöpft. Was genau alles passiert war, nachdem er seine Wohnung verlassen hatte, behielt er für sich. Immerhin trug er schwere Zweifel mit sich herum, was seine Rolle bezüglich Monis Tod betraf.

Tobias war der Erste, der die Situation nicht mehr ertragen konnte.

„Ich sollte besser was einkaufen gehen, wenn du noch hierbleiben möchtest. Wir brauchen was zu essen."

Tobias hatte sich während seiner Rede erhoben, stand im Flur und schlüpfte in seine Jacke.

„Irgendwelche besonderen Wünsche? Oder gibt es etwas, das du nicht magst?"

Karlo winkte ab.

„Ich esse eigentlich alles. Machs, wie du denkst. Ich bin Gast und richte mich ganz nach dir."

Die Wohnungstür war hinter Tobias Kaletzke ins Schloss gefallen. Karlo hörte, wie sich die Schritte im Treppenhaus entfernten und goss sich den letzten Rest Kaffee ein, der in der Kanne verblieben war.

Er dachte noch einmal an die vergangene Nacht zurück und fühlte, wie seine Neugier wuchs. Je mehr er darüber grübelte, desto merkwürdiger kam ihm das Verschwinden des kleinen silbernen Rahmens vor. Gerne hätte er sich noch einmal Sabines Bild angesehen. Vielleicht lagen die beiden im Streit und Kaletzke wollte momentan nicht darüber reden. Er fragte sich unruhig, ob Tobias mitgekriegt hatte, dass das Bild nicht mehr wie vorher im Regal platziert war, nachdem er es sich angesehen hatte? Und Tobias es deshalb verschwinden ließ? Aber warum in aller Welt sollte er das tun? Einen rechten Sinn ergab das nicht. Möglicherweise war tatsächlich etwas zwischen den beiden vorgefallen. Tobias hatte in letzter Zeit nicht besonders glücklich gewirkt.

Karlo schüttete den lauwarmen Kaffeerest achtlos in sich hinein, verzog angewidert das Gesicht und erhob sich langsam. Er kratzte sich nachdenklich am Kopf. Wie war das gestern abgelaufen? Tobi war ins Schlafzimmer gegangen, nachdem Karlo das Bild zurückgestellt hatte. Als Karlo noch einmal danach geschaut hatte, war das Bild weg gewesen.

Karlo zögerte. Er konnte doch nicht die Wohnung seines Gastgebers durchwühlen, nur um seine Neugier zu befriedigen. Doch war es lediglich Neugier? Irgendetwas war da noch, das ihn beschäftigte. Zweifellos, die Frau auf dem Bild hatte ihm sehr gefallen, auf eine ganz eigene, besondere Art. Aber das war es nicht, nein. Das spürte er genau. Etwas Rätselhaftes, eine kleine Unwägbarkeit lag über der Existenz des kleinen Rähmchens und des darin enthaltenen Bildes.

So kam es Karlo Kölner in dem Moment vor, in dem er Tobias Kaletzkes winziges Schlafzimmer betrat.

In der Schublade des kleinen Nachtschränkchens hatte sich nichts gefunden, das ihn interessiert hätte. Sie war vollgestopft mit allerlei Krimskrams. Der Bilderrahmen war nicht dabei. Karlo hob die Matratze an. Kein Bild. Er öffnete den Kleiderschrank und suchte die Regale systematisch ab. Ohne Erfolg. Auf dem Boden des Schrankes lagerte ein Paket Toilettenpapier, rechts daneben drei Schuhkartons.

Karlo ging in die Knie und öffnete die erste Schachtel. Ein paar brandneue, dunkelbraune Halbschuhe befanden sich darin.

Zuerst wollte er schon resignieren. Doch was hatte er erwartet? Es war immerhin ein Schuhkarton!

Als er den zweiten Karton öffnete, dachte er wehmütig an seine finanzielle Situation, und dass der Kauf neuer Schuhe auch für ihn wieder einmal dringlich wäre. Mit den zwei abgelatschten Paaren, die er momentan sein eigen nannte, war gewiss kein Staat mehr zu machen.

Der unerwartete Anblick des Rähmchens ließ ihn zusammenzucken. Er zog den Karton aus dem Schrank. Rechnungen, Briefe, Quittungen. Und obenauf der Bilderrahmen. Karlo griff danach und nahm ihn noch einmal genau in Augenschein. Der schmale Rand eines zweiten Fotos lugte unter dem oberen Bild hervor. Karlo drehte den Rahmen um und löste die einfache Verriegelung. Die Einfassung sprang auf und der rückseitige Karton, der das Bild gegen das Passepartout drücken sollte, fiel heraus. Karlo versuchte ungeschickt, ihn aufzufangen. Dabei rutschte ihm der Rahmen aus der Hand und purzelte zu Boden. Er fluchte verhalten.

Dann aber fiel sein überraschter Blick vor sich auf den Boden. Offensichtlich waren drei Bilder aufeinander in den Rahmen geschoben worden. Er starrte auf die unbeschriftete Rückseite der Fotografien, griff sich die erste und drehte sie um. Es war das Bild, das er schon kannte. Der zweite Abzug zeigte das gleiche Motiv, augenscheinlich Sabine in ihrem karierten Hemd.

Auf dem dritten Bild endlich war mehr zu sehen: Tobias und Sabine vor einem schwarzen Jeep. Keine besonders tolle Aufnahme, aber die Personen waren gut zu erkennen. Karlo betrachtete das Foto einen Augenblick länger, dann bemerkte er zwei weitere Personen, rechts neben dem Paar.

Als er die erste Person aufmerksam in Augenschein nahm, stellte er verblüfft fest, dass er seinem alten Freund Joe Wegener in die Augen blickte.

Bei der zweiten Person musste er kurz grinsen. Der sah ja aus wie Süßholz-Sauer, nur etwas jünger und fitter. Aber beim besten Willen – nein, das konnte ja nicht sein.

Karlo war nun völlig durcheinander. Der Rest geschah automatisch. Er platzierte das doppelt vorhandene Bild wieder im Rahmen und legte die Rückwand ein. Noch während er die Verriegelung wieder zuschnappen ließ, hörte er Schritte im Treppenhaus näher kommen.

Er warf den Rahmen wieder in den Karton, drückte den

Deckel drauf und schloss die Schranktür. Dann bückte er sich, hob die beiden anderen Bilder auf und steckte sie in die Gesäßtasche seiner Jeans. Schnell huschte er in die Diele und verschwand im selben Moment in der Toilette, in dem sich der Schlüssel in der Wohnungstür drehte. Er schloss ab, drehte sich und bemerkte den leeren Papierabroller. Und keine Ersatzrollen zu sehen.

„Karlo? Wo steckst du denn? Hallo! Bist du weg?"

„Hier bin ich, auf'm Klo. Warte, ich bin gleich da."

Nachdem Karlo die Toilette verlassen hatte, hörte er Tobias in der Küche hantieren. Im Rahmen der Küchentür blieb er stehen und beobachtete, wie er zwei große Plastiktüten auspackte. Dann schenkte er ihm einen vorwurfsvollen Blick.

„Du hast kein Klopapier mehr!"

„Oh", kam die betretene Antwort, „tut mit leid. Schau doch mal im Schlafzimmer. Im Kleiderschrank, da muss noch ein ganzes Paket sein."

„Ist das wirklich wahr?", murmelte Karlo unhörbar für Tobias, als er Kaletzkes Schlafgemach ein zweites Mal betrat.

Eine Viertelstunde später zog Karlo seine Jacke an. Dann überprüfte er den Akkustand seines Handys.

„Ich muss noch ein paar Sachen erledigen. Heute am späten Nachmittag bin ich wieder da. Bist du dann zu Hause?"

„Ich denke schon. Du kannst vielleicht vorher anklingeln, zur Sicherheit ..."

Tobias musterte Karlo misstrauisch.

„Was hast du denn vor?"

„Das willst du nicht wissen, Tobias. Bestimmt nicht, glaub mir. Ich habe einiges geradezubiegen."

Karlo dachte an die Bilder, die mittlerweile in seiner Gesäßtasche steckten und die solche Verwirrung in ihm ausgelöst hatten.

„Und noch einiges herausfinden, was ich bis jetzt einfach nicht begreife“, setzte er hinzu, als er die Wohnung verließ.

Er öffnete die Haustür einen Spalt und lugte vorsichtig nach draußen. Nichts Verdächtiges war zu sehen, auch keine Polizei. Karlo dachte an Sauer. Der trug nun seine Wohnungsschlüssel von Kiosk zu Kiosk spazieren und wahrscheinlich auch noch seine Sachen, die er ihm aus der Wohnung besorgen sollte. Leise Zweifel wuchsen in ihm. War das tatsächlich nur Zufall gewesen, dass gestern die Polizei so plötzlich vor Ort war? Andererseits, was könnte Sauer dazu bewegen, ihn zu verpfeifen? Ach, das war doch Quatsch. Karlo verwarf den absurden Gedanken wieder. Vielleicht hatte die Polizei die Gegend um seine Wohnung tatsächlich im Auge behalten.

Sauer ausfindig zu machen, war nicht schwer. Der Kiosk an der Cassellabrücke hatte schon geöffnet und Sauer lehnte so selbstverständlich neben dem Fenster, als gehöre er zum Inventar. Eine Flasche Bier stand neben ihm auf der Ablage. Der dürre Mann machte große Augen, als er Karlo erblickte. Er wollte etwas sagen, doch zuerst brachte er nur ein heiseres Krächzen heraus.

„Meine Schlüssel!“, fiel Karlo mit der Tür ins Haus. Da sah er den gepackten Rucksack neben Sauer stehen.

„Du hast also alles gefunden?“

Sauer hatte sich soweit gefangen, dass er wieder normal artikulieren konnte.

„Ich hab gedacht, die Bullen haben dich ...“

„Versuch nicht zu denken, Sauer, da kommt wenig bei raus. Was ist nun? Hast du alles gefunden?“

„Ja schon, aber …“

Karlo fiel ihm ins Wort.

„Dann gib mir meine Schlüssel. Ich hab nicht viel Zeit.“

Süßholz-Sauer griff gehorsam ins Innere seiner Jacke, zog einen Schlüsselbund hervor und hielt ihn Karlo unter die Nase.

„Danke.“

Karlo hatte sich den Rucksack schon über die Schulter geworfen, als ihm noch etwas einfiel.

Er langte in seine Hosentasche, holte einen Zwanzig-Euro-Schein heraus, faltete ihn einmal längs und ließ ihn auf die Ablage segeln.

„Für treue Dienste“, beschied er dem verdatterten Sauer. „War doch so ausgemacht, wenn ich mich nicht irre?“

Dann drehte er sich um und lief eilig die Jakobsbrunnenstraße entlang.

Als er nach ein paar hundert Metern noch einmal hinter sich schaute, sah er Sauer. Der stand auf dem Bürgersteig, die Hände in den Hosentaschen und starrte ihm nach.

Karlo dachte an sein Motorradgespann, das er jetzt gerne dabei gehabt hätte. Oder wenigstens ein Fahrrad. Dann schaltete er das Mobiltelefon ein.

–

Joe hatte nach dem zweiten Klingeln sein Handy ans Ohr gehalten.

„Hallo, Joe. Ich … nein, hör mir zu. Jetzt reg dich bloß nicht auf und lass mich erst mal ausreden. Wir müssen uns unbedingt treffen. Ich komm am besten gleich zu dir nach Hause."

Er schoss bewusst ins Blaue, als er fortfuhr: „Du wohnst in der Bettinastraße, stimmt doch? Wo muss ich denn da klingeln?"

Wegener schien überrumpelt.

„Bei Stern", gab er schnell zurück. Dann klang es, als hätte er sich am liebsten auf die Zunge gebissen.

„Da können wir uns aber nicht ... ach, scheißegal. Sag es mir doch gleich. Was willst du denn noch?"

„Das kann ich dir am Telefon nicht sagen", wich Karlo unbestimmt aus. „Aber du hast recht. Die Bullen machen mir hinterher und ich muss sie dir ja nicht gerade ins Haus führen ... wo wollen wir uns sehen? Mach du einen Vorschlag."

Joe gab sich genervt.

„Muss das sein? Was gibts denn noch?"

Karlo ging nicht darauf ein.

„Kennst du den Getränkemarkt an der Ecke der Bregenzer Straße? Ja?"

Karlos Stimme klang beschwörend.

„Ich kenne den Typen dort. Da können wir uns im Büro unterhalten und keiner kriegt was mit. Joe, glaub mir, es ist wirklich wichtig. Ich hab richtig Probleme! In einer Stunde?"

Wegener schien zu überlegen.

„Na gut. Ich komm rüber."

Er schaute auf seine Uhr.

„Um elf? Okay, bis dann. Wird vielleicht ein wenig später, lauf nicht weg."

Karlo verstaute sein Handy wieder in der Jacke, nachdem er es ausgeschaltet hatte. Am Ende der Adam-Opel-

Straße, bog er nach links Richtung Offenbach in die Carl-Benz-Straße ein.

Gegen halb elf überquerte er dann die Brücke nach Offenbach. Er ging weiter und erreichte die Bettinastraße. Nach ein paar Metern stand er vor dem Wohnblock. Er betrat den kleinen Weg, der rechtwinklig zur Straße zu den drei Eingangstüren der Wohnanlage führte. Nach der Hälfte des Blocks war das Haus, von einigen Säulen gestützt, über den Weg gebaut und bildete praktisch ein Dach darüber.

Hinter einer dieser Säulen fand er eine geeignete Stelle, um Joes Eingangstür im Auge zu behalten, ohne selbst gesehen zu werden. Er stellte den Rucksack neben sich ab, bückte sich, öffnete ihn und prüfte den Inhalt. Sauer hatte funktioniert, es war alles da. Vielleicht unterschätzte man den mageren Trinker und es steckte mehr in ihm, als es für den flüchtigen Beobachter den Anschein hatte.

Er musste zehn weitere Minuten warten, dann öffnete sich die Haustür und Wegener trat auf den Fußweg. Er schaute sich unauffällig nach allen Seiten um und ging dann rechts an der quergestellten Wohnblockreihe entlang zur Bettinastraße. Dort bog er rechts ab, offensichtlich, um zu seinem Fahrzeug zu gelangen.

Karlo wartete zwei weitere Minuten, dann löste er sich aus seinem Versteck und bewegte sich auf den Eingang zu.

–

„Ich habs geahnt. Dieser verdammte Hund“, murmelte Wegener vor sich hin. Er war am Anfang der Wohnblocks rechts abgebogen und dort einen Moment stehengeblieben. Dann war er die paar Schritte zurückgegangen. Als er vorsichtig um die Ecke spähte, sah er, wie Karlo Kölner aus der Deckung trat und sich auf den Weg zu seiner Wohnung machte. Er hielt ein hellbraunes Ledermäppchen in der Hand und löste im Laufen ein darum gebundenes Bändchen.

„Alle Achtung, gelernt ist gelernt", dachte Joe Wegener missmutig, aber auf eine gewisse Weise auch anerkennend, als er Karlo eine knappe Minute später zusah, wie er das Treppenhaus betrat. Das Schloss hatte nicht lange standgehalten. Die Tür zu seiner Wohnung hatte Joe lediglich zugezogen. Karlo würde es somit leicht haben. Wegener hoffte nur, dass er deswegen keinen Verdacht schöpfen würde.

Joe gab Karlo zehn Minuten, dann lief er zurück zu seiner Wohnung. Er schloss die Haustür auf und stieg so leise wie möglich in den ersten Stock. Vorsichtig näherte er sich seiner Tür und lauschte. Aus dem Inneren der Wohnung hörte er ein Geräusch, als wenn ein Stapel Zeitungen zu Boden fallen würde. Mann, der Kerl hatte Nerven. Durchsuchte doch glatt seine Wohnung. Nun, das würde er sogleich bitter bereuen, schwor sich Joe und spannte seine Muskelpakete.

–

Im Inneren der Wohnung hatte Karlo schnell gearbeitet. Gleich zu Beginn wurde er fündig. Und zwar in der Brusttasche einer Lederjacke, die an der Garderobe in der Diele hing. Drei Ausweise hatten sich darin befunden, allesamt Papiere von jungen osteuropäischen Damen, darunter auch der Passport von Aneta, der jungen Frau aus Fulda. Das war schon mal was. Da hatte er endlich was in der Hand. Auch wenn er noch nicht wusste, wie er diesen Trumpf ausspielen sollte. Und vor allem bei wem.

Er steckte die Ausweise in seine Jacke und schaute sich weiter in der Wohnung um. Später hätte er nicht mehr genau erklären können, warum er es tat. Es war wie eine Eingebung. Er ging auf den DVD-Player zu, schaltete ihn ein, drückte die Auswurftaste und entnahm eine silberne Scheibe. Es war eine selbstgebrannte DVD und sie war unbeschriftet. Neugierig überlegte er, ob er gleich an Ort und Stelle reinschauen sollte. Dann aber nahm er, mehr mit dem Unterbewusstsein, als dass er es hörte, ein ganz leises, fast nicht vorhandenes Geräusch wahr.

Seine Nackenhaare stellten sich auf.

–

Lautlos und ganz vorsichtig führte Joe Wegener seinen Schlüssel ins Schloss und drehte ihn. Als er spürte, wie die Tür nachgab, hörte er das gleiche Geräusch wie kurz zuvor, weiter innen in der Wohnung. Karlo leistete anscheinend ganze Arbeit und fühlte sich ungestört. Wegener schlüpfte in seine Wohnung.

Als er die auf dem Boden verteilten Zeitschriften am Ende der Diele liegen sah, ahnte er schon, dass ihm ein Fehler unterlaufen war. An mehr war für ihn in diesem Moment nicht mehr zu denken. Der Schlag in den Nacken kam viel zu rasch. Der Boden näherte sich rasant und Wegener verlor noch im Fallen das Bewusstsein.

Karlo schaute grimmig. Es war goldrichtig gewesen, Joe nicht zu vertrauen, genau wie Joe auch ihm nicht über den Weg getraut hatte. Karlo allerdings hatte mit Erfolg um eine Ecke weiter gedacht als Wegener. Außerdem funktionierte sein inneres Warnsystem noch immer.

Schnell legte er die DVD wieder ein und schaltete das Fernsehgerät an. Zuerst war nichts zu sehen, nur eine grießelige Fläche und ein Rauschen. Dann jedoch gab es ein Bild. Karlo kratzte sich am Kopf. Ein großes Bett war von einer leicht erhöhten Position aus zu sehen. Eine rothaarige Frau saß rittlings auf einem bis auf seine grauen Socken nackten stämmigen Herrn und bearbeitete auf diese Weise routiniert seinen Unterkörper. Was dem betreffenden Herrn sichtliches Vergnügen zu bereiten schien. Sein relativ junger und kräftiger Körperbau stand etwas im Gegensatz zu den gewellten eisgrauen Haaren auf seinem breiten Schädel. Es dauerte einen Augenblick, dann dämmerte es Karlo.

Diesen Mann kannte er!

Schnell wuchs in ihm das Gefühl, er solle besser Land gewinnen, bevor Joe wieder zu Bewusstsein kam. Er steckte die DVD in seine Jacke und verließ eilig die Wohnung, als er von unten vorsichtige Schritte vernahm. Die Haustür schien schon geschlossen zu sein und jemand stieg behutsam die Treppe nach oben. Gleich würde er die erste Biegung erreicht haben. Karlo wollte die Wohnungstür zuziehen, doch irgendetwas hatte sich am Boden zwischen Tür und Rahmen verklemmt. Er schaute nach unten und sah Wegeners linken Fuß, der die Tür blockierte. Beunruhigt ließ er die Klinke los und ging eilig nach oben in die nächste Etage. Er war nicht sicher, ob der neue Besucher ihn hatte hören können. Vielleicht war es ja ein ganz normaler Mieter, hoffte Karlo. Er traute sich aber nicht, nach unten zu schauen und blieb stocksteif stehen. Eine kurze Zeit war es still. Dann schien die Person die offene Tür entdeckt zu haben. Karlo vernahm ein leises Murmeln, dann hörte er ein gedämpftes Schleifen, bevor die Tür lautlos geschlossen wurde.

Karlo atmete erleichtert auf. Das wäre beinahe schiefgegangen. Zu gerne hätte er gewusst, wer da eben in Joes Wohnung eingedrungen war, und vor allem, was er da zu suchen hatte.

Enttäuscht und auch ein wenig resigniert appellierte er nun an seine eigene Vernunft. Sozusagen der rationale Notausgang. Er wollte sich nun schleunigst bei Gehring melden, nahm er sich vor, und hoffte, dass der ihm wenigstens ein Stück weit vertrauen würde. Karlo schwor sich heilige Eide: Wenn das hier erledigt wäre, würde er nie mehr in eine solche Situation geraten. Diese Art Schwüre hatten bei Karlo eine lange Tradition.

Einen Treppenabsatz weiter unten versicherte er sich noch einmal: Die Tür war nun tatsächlich geschlossen und die unbekannte Person in der Wohnung verschwunden.

Karlo huschte flink die Treppe hinunter und verließ das Haus. Er schaltete sein Handy erneut ein und wählte Hauptkommissar Gehrings Nummer.

–

„Erschossen? Wie kommen Sie denn darauf? Was? Hund und Haffmann haben gesagt ... ach was, Unsinn! Die Frau wurde nicht erschossen, die wurde doch ...“

Hauptkommissar Georg Gehring brach seine Rede ärgerlich ab und fühlte Wut in sich aufsteigen über seine Offenherzigkeit. Welcher Teufel ritt ihn denn, dass er diesem Kölner Informationen zukommen ließ?

„Sehen Sie zu, dass Sie heute noch hier antanzen. Wenn

Sie sich weiter einer Vernehmung entziehen, helfen Sie sich ganz bestimmt nicht weiter. Sie stecken schon wieder bis zum Stehkragen in Schwierigkeiten. Und Sie tragen selbst Schuld daran. Haben Sie verstanden? Was sagen Sie? Wie bitte? Meinen guten Kaffee? Sie sind ja gut!"

Dieser Kölner! Schon wieder dieser Kölner! Und noch fast fünfzehn Jahre bis zur Pensionierung! Wie sollte er das überstehen? Dann fasste er sich wieder halbwegs. Leise und mühsam beherrscht sprach er in den Hörer. Einen beißenden Zynismus, der langsam seinen Siedepunkt erreichte, konnte er nicht verhindern.

„Kaffee?", flötete er gespielt beflissen in den Hörer, „aber selbstverständlich der Herr, ganz zu Ihren Diensten. Natürlich bekommen Sie Ihren Kaffee. Und wir haben noch ein Dutzend verschiedene Sorten Kuchen und Torten zur Auswahl, die wir dazu reichen könnten. Oder wäre dem Herrn Baron vielleicht ein herzhaftes Stück Elsässer Flammkuchen angenehmer?"

Dann verließ ihn wieder die Geduld und er wurde lauter.

Viel lauter.

„Kommen Sie her, Kölner! Sofort. Sonst bring ich Sie rein und sorge persönlich dafür, dass Sie die nächsten fünfzehn Jahre nicht mehr rauskommen. Und ich kriege Sie, verlassen Sie sich drauf, *ich* kriege Sie!"

Das war angekommen. Karlo war sichtlich beeindruckt. Der Hauptkommissar schien ernsthaft verärgert zu sein.

„Alles klar, Herr Gehring, ich wollte doch sowieso ... ich meine, deshalb habe ich doch ... hallo, hallo, Herr Hauptkommissar ..."

Georg Gehring hatte aufgelegt.

Karlo blies die Backen auf. Es schien dem Kommissar einiges an seiner unverzüglichen Gesellschaft zu liegen.

Und es hatte geklungen, als ob er dem Wunsch zu seinem eigenen Besten schnellstens nachkommen sollte.

*Am selben Tag*

# 13

„Genaus so wars. Nicht mehr und nicht weniger. Glauben Sie mir, Herr Gehring, ich wüsste selbst gerne, was passiert ist.“

Karlo hatte den Hauptkommissar genau beobachtet, während er seinen Bericht ablieferte. Der hatte ohne sichtbare Regung zugehört. Es war nicht zu ahnen, was er dachte. Nur wenn Karlo ins Stocken kam, waren ein paar leichte Falten auf Gehrings Stirn erschienen und er hatte Karlo mit einer unwirschen Handbewegung aufgefordert, er solle endlich fortfahren. Kommissar Reichard saß währenddessen auf einem Stuhl neben dem Schreibtisch seines Chefs, war seltsam still und hatte ebenfalls keine Miene verzogen. Nun war Karlo mit seinem Bericht zum Schluss gekommen. Die ganze Geschichte war auf dem Tisch. Die Bordellwohnung in Fulda, die junge Frau dort und ihre Verzweiflung. Sein Eindringen in Joes Offenbacher Wohnung und der Fund der drei Ausweise in dessen Lederjacke. Als er die zweifelnden Gesichter der Beamten sah, spielte er seinen zweiten Trumpf aus.

Er warf die DVD auf den Tisch.

„Hier. Das wird Sie ganz bestimmt interessieren. Auf dieser Scheibe ist eine richtig nette Szene drauf. Vielleicht hat die Zeitung ja recht“, erinnerte er sich an die Schlagzeile, die er in der Bahn gelesen hatte, „Borek heißt der Mann auf der Aufnahme. Ist Chef eines Immobilienbüros in Fulda. Vielleicht erpresst man ihn damit."

Die Kommissare schauten sich vielsagend an. In der Kamera im Schrank waren keine Aufnahmen gespeichert gewesen. Sie hatten zuerst vermutet, sie wäre noch nicht in Betrieb genommen oder aber gelöscht worden.

„Wir werden uns gleich darum kümmern. Aber jetzt erst noch mal zu uns, Herr Kölner."

Dass Joe dazugekommen war und er ihn im Rahmen dieser Ereignisse niederschlagen musste, blieb in Karlos Bericht wohlweislich ausgespart.

Bei der Identifizierung von Moni konnte Karlo ebenfalls keine Hinweise geben, selbst wenn er es gewollt hätte. Er hatte diese Frau nur einmal lebend gesehen, und zwar an dem Tag, als er von Joe die Wohnung übergeben bekam. So hoffte er jedenfalls.

Für ein paar Sekunden herrschte nun Stille im Raum. Der Kommissar hatte sich erhoben und war bedächtig zum Fenster gegangen. Er sprach ruhig, während er auf die Straße blickte.

„Sie versuchen schon wieder, unsere Arbeit zu erledigen, Kölner. Und dabei ziehen Sie sich immer tiefer in den Schlamassel. Sie sind da noch lange nicht raus, glauben Sie mir. Sie haben scheinbar nichts gelernt, gar nichts, und noch weniger verstanden."

Er überlegte kurz, wie er weitermachen sollte. Dann fuhr er entschlossen fort.

„Wie ich Ihnen vorhin schon am Telefon angedeutet habe: Die Frau ist nicht erschossen worden. Und das ist eben einer der Gründe, warum auch Sie zum Kreis der Verdächtigen gehören. Zumal Ihre Fingerabdrücke auf der mutmaßlichen Tatwaffe gefunden wurden.“

Karlo war aufgesprungen.

„Tatwaffe?“, rief er erschrocken aus. „Was für eine Tatwaffe?“

„Jetzt hören Sie aber auf, Kölner, setzen Sie sich!“

Kommissar Reichard war ungeduldig von seinem Stuhl aufgestanden und stützte sich nun, nach vorn gebeugt, mit beiden Armen auf den Schreitisch. Die Nasenspitzen der beiden Männer berührten sich fast. Er fixierte Karlo eindringlich.

„Sie wissen ganz genau, was gemeint ist. *Sie* haben der Frau diese Drachenfigur gegen den Kopf geschlagen.“

Reichard machte eine Pause, stellte sich wieder aufrecht hin und sprach wesentlich freundlicher weiter.

„Aber wer weiß, vielleicht hat die Frau Sie ja gereizt. Ist doch klar, dass man da mal die Beherrschung verlieren kann. Und dann stand diese Figur zufällig da und es ist einfach passiert. Sie haben das vielleicht gar nicht gewollt. Sie können uns ...“

An dieser Stelle fiel Karlo Harald Reichard erregt ins Wort.

„Aber warum hat jemand angerufen, er hätte einen Schuss gehört? Wenn gar keiner gefallen ist?“, rief er verwirrt aus, „das muss doch einen Grund haben. Und vor allen Dingen: Wer war das?“

Karlo machte eine kleine Pause, um nachzudenken.

Die Drachenfigur! Er erinnerte sich an die Statue auf der Kommode in Monis Arbeitszimmer. Tatwaffe? Was hatte das zu bedeuten?

„Sie meinen diese Messingfigur? Klar, da sind meine

Fingerabdrücke drauf. Ich hab das Ding ja in der Hand gehabt, an dem Tag, als mir Joe die Wohnung gezeigt hat."

Reichard nickte leicht und lächelte wissend.

„Und wie kommt dann diese Figur bei Ihnen auf den Balkon?"

Karlo schnappte nach Luft.

„Auf meinen Balkon?", japste er fassungslos, „das ist doch nicht möglich. Ich habe das Ding doch nie ..."

Gehring unterbrach Karlo mit einer schroffen Handbewegung, als sein Telefon klingelte.

„Hauptkommissar Gehring, hallo ..."

Reichard sah mit ungutem Gefühl zu, wie sich der Gesichtsausdruck seines Chefs veränderte.

„Sie haben *was*? Wie haben Sie das erfahren? Ein Anruf? Anonym? Nein? Ach, der Hausmeister ... ja, wir kommen sofort!"

Auch Karlo gefiel Gehrings Blick überhaupt nicht. Er wollte nachfragen, der Hauptkommissar kam ihm jedoch zuvor.

„Reichard, es gibt Arbeit. Man hat Josef Wegener gefunden. In einer Offenbacher Wohnung. Tot."

Karlo klebte auf seinem Stuhl wie gelähmt.

Joe war tot? Das war unmöglich. So fest hatte er doch gar nicht zugeschlagen. Da war er sich sicher, oder? Er hatte sich doch selbst noch überzeugt, dass Joe nur bewusstlos war.

Er wagte einen zaghaften Vorstoß.

„Sie fahren da jetzt hin? Nehmen Sie mich mit, Herr Gehring. Ich kann Ihnen bestimmt ..."

Gehring fiel es nun sichtlich schwer, die Fassung zu wahren.

„Niemand nimmt Sie mit, Herr Kölner. Niemand außer den zwei Beamten, die Ihnen jetzt gleich Ihre neue Unterkunft zeigen werden. Und wir machen in der Zwischenzeit unsere Arbeit. Sie haben unterdessen jede Menge Zeit, um über alles nachzudenken. Und das sollten Sie auch besser, wenn Sie jemals wieder ein Stück vom blauen Himmel sehen wollen."

Karlo schnappte nach Luft.

„Aber ich habe Ihnen doch alles – ach verdammt, dann schauen Sie sich wenigstens noch schnell die DVD an! Dann können Sie mich ..."

„Später, Herr Kölner, später. Alles zu seiner Zeit!"

–

„Sie haben hoffentlich nicht gerade gegessen, Herr Hauptkommissar."

„So schlimm?"

„Schlimmer, viel schlimmer, das war eine Hinrichtung, der Racheakt eines Verrückten, was auch immer. Ich muss an die frische Luft. Entschuldigen Sie bitte."

Georg Gehring und Harald Reichard standen im Treppenhaus und begutachteten den Streifenbeamten, der fassungslos seinen kurzen Bericht abgegeben hatte. Der uniformierte Polizist war weiß wie ein Leichentuch und wollte sich schnell am Hauptkommissar vorbeidrücken, um nach unten zu gehen.

Der Hauptkommissar hielt ihn am Arm fest.

„Einen Moment noch, bitte. Wie sind Sie denn auf die Wohnung aufmerksam geworden?"

„Anruf", würgte der Polizist noch. Kommissar Harald

Reichard reagierte blitzschnell. Deshalb bekam er nur ein paar Spritzer auf seinen rechten Schuh ab.

„Spaghetti mit Tomatensoße", dachte der Kommissar noch und fand das recht eklig.

Nichtsdestotrotz hatte ihn während der Unterhaltung mit dem Streifenbeamten schon eine düstere Ahnung beschlichen, dass er seinen Ekelbegriff in den nächsten Minuten würde neu definieren müssen.

Im Flur waren den Kriminalbeamten zuerst nur die herumliegenden Kleidungsstücke aufgefallen. Ein weiterer Beamter, scheinbar härter im Nehmen als sein Kollege, hatte Gehring und Reichard zur Toilettentür dirigiert. Beide blickten gleichzeitig in das kleine Badezimmer.

Dem an Händen und Füßen mit einer Kunststoffschnur gefesselten nackten Mann war ein Ledergürtel um den Hals geschlungen worden. Der Gürtel wiederum war am Spülrohr des Toilettenkastens befestigt, der Kopf des Mannes lag praktisch über der geöffneten Toilette. Der Rest des Körpers hing in einem bizarren Winkel von der Kloschüssel herab. Als Erstes fiel den entsetzten Betrachtern die durchschnittene Kehle auf.

Gehring presste die Lippen aufeinander. Auf dem Boden im Bad lagen eine Geflügelschere, ein Hammer und ein scharfes Küchenmesser. Der Täter hatte die Gerätschaften offensichtlich nur in einer einzigen Absicht zweckentfremdet: Wegener vor seinem Tod noch einmal leiden zu lassen. Der Tote sah aus, als hätte der Mörder sein Ziel erreicht. Gehring spürte, wie ihm der Schweiß ausbrach, als er sich den Leichnam genauer betrachtete.

Als Kommissar Reichard die abgetrennten Genitalien Wegeners links neben der Kloschüssel entdeckte, drehte er sich um und verließ entsetzt den kleinen gekachelten Raum.

Was immer Wegener auch getan haben mochte in seinem verpfuschten Leben, hiermit schien es mehrfach abgegolten zu sein. Wie durch Watte hörte er die Stimme seines Chefs.

„Mein Gott, Reichard. Das ist ja grauenvoll. Was denken Sie? Was ist Ihr erster Eindruck?"

„Im Affekt ist das nicht passiert, Chef!"

Fassungslos schaute Gehring den Kommissar an.

„Sie sind ein Idiot, Reichard!"

Wie die Leute von der Spurensicherung an solchen Orten ihrer Arbeit nachgehen konnten, war Gehring schon immer ein Rätsel. Der Ermordete war vor seinem Tod auf bestialische Weise gefoltert worden. Gehring versuchte erst gar nicht, sich auszumalen, wie lange Wegener noch bei Besinnung gewesen sein mochte. Die übliche Frage: „Wer macht denn so was, was muss das nur für ein Mensch sein?", stellte sich für ihn in diesem Moment nicht. Zu intensiv, zu frisch war der Eindruck, zu schockiert war der Hauptkommissar.

„Wer macht denn so was? Was muss das nur für ein Mensch sein?"

Gehring zuckte zusammen und schaute in die Richtung, aus der die Stimme kam. Nein, Reichard war heute wirklich keine große Hilfe. Seine Gesichtsfarbe tendierte ins Grünliche. Gehring zeigte jedoch Mitgefühl für seinen angeschlagenen Kollegen.

„Ich weiß es nicht, Reichard, ich weiß es nicht!"

Als Reichard wieder zu sprechen begann, geriet seine Stimme zu einem Flüstern.

„Chef, glauben Sie, der Kölner ...?“

Gehring musterte seinen Kollegen, als wäre der ein kleines grünes Männchen.

*Samsag, 17. Oktober*

# 14

Der Hauptkommissar hatte die vergangene Nacht sehr schlecht geschlafen. Immer wieder war es ihm, als ob er Reichards flüsternde Stimme hörte.

„Chef, glauben Sie, der Kölner ...?"

Nein, er glaubte es nicht. Eigentlich nicht. Wollte es nicht glauben. Und trotzdem ... wer kennt die Menschen, die Situationen, in die sie geraten können ... er hatte schon viel gesehen in seinen Jahren als Polizist. Dann gab er sich einen Ruck und griff zum Hörer. Vielleicht hatte die Technik schon was Verwertbares.

Der Kollege begann geschäftsmäßig.

„Was wir bis jetzt sagen können, Herr Hauptkommissar: Es war mit fast hundertprozentiger Sicherheit nur ein Täter. Sämtliche Gerätschaften, die benutzt wurden, wiesen Fingerabdrücke auf. Die Abdrücke des Täters waren überall zu finden, in der Küche, im gesamten Bad, an den Wänden, am Waschbecken, auf der Toilette ... da hat einer gar nicht erst versucht, seine Identität zu verschleiern. So, wie das Badezimmer ausgesehen hat, war der Täter völlig außer sich, hat gewütet und getobt wie in einem Blutrausch. Der muss danach selbst ausgesehen haben, als wäre er niedergemetzelt worden."

Gehring bemerkte, wie sich das Geschäftsmäßige am Ende des Berichts etwas verlor und die Stimme des Kriminaltechnikers leicht brüchig wurde. Georg Gehring konnte es ihm nicht verdenken.

Angetrieben von seiner stetig wachsenden Ungeduld hakte er nach.

„Und haben Sie die Fingerabdrücke schon ..."

„Identifiziert? Nein, Herr Gehring, haben wir noch nicht."

„Aber Sie haben doch ..."

„Aber ja", griff der Spurenfachmann erneut vor, „das haben wir. Die Abdrücke stammen nicht von Herrn Kölner. So viel ist klar. Sobald wir mehr wissen, melden wir uns wieder."

„Danke, vielen Dank. Bis dann."

Gehring war erleichtert. Er war nicht sicher, was er empfunden hätte, wenn Kölner hier ... er wagte nicht weiterzudenken.

Doch wenn der Täter nicht registriert war, würde es schwer werden, auf seine Spur zu kommen. Es war aber durchaus wahrscheinlich, dass der Mord an der Prostituierten in Fechenheim im Zusammenhang mit dieser beispiellosen Bluttat stand.

–

Die Kommissare hatten inzwischen auch die DVD gesichtet, die sie von Karlo bekommen hatten. Damit war die Zahl der Verdächtigen auf drei angewachsen. Waldemar Borek war verhaftet und mit den Aufnahmen konfrontiert worden. Er hatte überaus schockiert reagiert.

„Um Gottes Willen!“, hatte er ausgerufen, „wenn das an die Öffentlichkeit kommt. Sie glauben, jemand will mich erpressen?“

„Wonach sieht es denn aus, Herr Borek“, hatte Reichard ihn gefragt, „und nach wem?“

„Aber ich habe diese Aufnahmen noch nie gesehen! Das müssen Sie mir glauben! Ich werde nicht erpresst! Ich kenne weder diese Aufnahmen noch den, der sie gemacht hat. Sie haben keinen Grund, mich hier festzuhalten!“

„Ich glaube doch“, antwortete Gehring, „denn der Mann, der Ihnen die Aufnahmen noch hätte bringen können – immer vorausgesetzt, Sie haben sie noch nicht gesehen – dieser Mann ist auch ermordet worden. Und Sie kennen doch Herrn Josef Wegener. Oder wollen Sie das abstreiten? Sie haben ihm genau diese Wohnung vermietet, die Wohnung, in der auch die vorliegenden Aufnahmen entstanden sind ...“

Borek strich sich nervös durch seine graue Haarpracht.

„Aber wenn ich Ihnen ...“

Harald Reichard fiel ihm ins Wort.

„Sie können uns doch nicht erzählen, dass Sie die Frau auf den Aufnahmen nicht kennen, Herr Borek. Man erkennt Sie und die Dame sehr gut. Ja, und die Frau, mit der Sie sich hier so nett vergnügen, diese Frau ist ebenfalls ermordet worden! Was fällt Ihnen dazu ein?“

Waldemar Borek war nun leichenblass.

„Das ist doch verrückt!“, rief er, „hören Sie, ich kann mich da wohl nicht mehr rausreden. Man sieht ja alles ganz genau. Ist auch peinlich genug für mich. Und zugegeben: dass es mir nicht egal ist, wer sich diese Aufnahmen ansieht, liegt auf der Hand. Aber das reicht doch nicht aus, um zwei Menschen zu beseitigen.“

Reichard ging nicht darauf ein.

„Wann sind diese Aufnahmen entstanden?"

„Das war Anfang Oktober. Herr Wegener hat mich angerufen. Er versuchte schon länger, die Miete zu drücken. Sie müssen verstehen: Ich verwalte das Haus für einen Klienten aus Hünfeld. Aber ich muss den Mietbetrag dem Klienten gegenüber vertreten. Und je höher der ist, desto mehr freut sich mein Kunde. Das Dumme ist nur, dass der Klient nicht weiß, wer der Mieter ist und vor allem, was er mit der Wohnung macht. Natürlich fand er es gut, dass die Miete ziemlich hoch angesetzt war. Nach dem Grund hat er aber nie gefragt. Hat wohl geglaubt, ich hätte besonders geschickt verhandelt. Sie dürfen das aber nicht falsch verstehen – das ist ein hochseriöser älterer Herr, und ihm wäre bestimmt nicht recht, was in der Wohnung gemacht wird. Aber eine große Wohnung in dieser Preislage ist in einem Vorort wie Fechenheim eben nicht so einfach zu vermieten. Und ich muss Erfolge vorweisen. Es gibt genügend Firmen wie meine, glauben Sie mir. Unser Geschäft läuft nicht mehr so prächtig wie noch vor zehn oder fünfzehn Jahren."

Borek schien nachzudenken. Als Gehring nachhaken wollte, fuhr er fort.

„Herr Wegener rief mich also wieder einmal an. Er drohte mir, dass er mit dem Vermieter direkt verhandeln wolle. Das war nun überhaupt nicht in meinem Sinne, wie Sie sich vorstellen können. Also habe ich mich mit Wegener verabredet, um noch einmal nachzuverhandeln. Außerdem wollte ich die Gelegenheit nutzen, um den Zustand der Wohnung zu überprüfen.

Wegener war aber nicht da, als ich in Frankfurt ankam. Diese Frau, die Sie von den Aufnahmen ja kennen, empfing mich und ließ mich wissen, er käme eine Stunde später. Da wollte ich mir in dieser Zeit eben die Wohnung ansehen, aber sie meinte, bis Wegener käme, könne man es sich ein wenig gemütlich machen und ich solle doch nicht so verkrampft sein ... und glauben Sie mir, sie wusste genau, was sie tat. Was ich von mir leider nicht behaupten kann ... und dabei müssen die Aufnahmen entstanden sein."

Beschwörend sah er die beiden Beamten an.

„Aber ich versichere Ihnen noch einmal: Ich habe davon nie erfahren. Ich kenne diese Aufnahmen nicht!", beharrte er auf seiner ersten Aussage.

–

In seiner Zelle hatte Karlo versucht, die Zeit zum Nachdenken zu nutzen. Auch er hatte in der Nacht kaum ein Auge zugemacht. Zu viel ging ihm im Kopf herum. Die Situation, in der er sich nun befand, hatte er eigentlich vermeiden wollen. Er machte dem Hauptkommissar keinen Vorwurf, dass er ihn festgesetzt hatte. Fast konnte er es nachvollziehen. Trotzdem wäre es aus Karlos rein persönlicher Sicht zur Zeit besser, sich auf freiem Fuß zu befinden, um selbst etwas herausfinden zu können. Nun, da er wusste, dass Moni nicht erschossen worden war, war er noch unsicherer geworden, was seine Rolle betraf. Wie kam diese Figur auf seinen Balkon? Seine Wohnungsschlüssel fielen ihm ein, die er augenscheinlich von außen hatte stecken lassen in der betreffenden Nacht. Und plötzlich wurde er wütend. Nein, verdammt, das war doch alles Quatsch. Er erschlug doch keine Frauen. Es hatte überhaupt keinen Grund gegeben. Keinen, der ihm ersichtlich war. Wenn ihm wenigstens klargeworden wäre, wie er in der Mordnacht nach Hause gekommen war. Er hatte immer noch keinen blassen Schimmer. Es blieb dabei – da war einfach eine Gedächtnislücke.

Karlo lief unruhig in der Zelle auf und ab. Er hakte seine Daumen in die Gesäßtaschen. Mit der rechten Daumenkuppe spürte er einen leichten Widerstand.

Die Bilder!

Die waren ganz in Vergessenheit geraten. Und auch die Beamten hatten sie nicht bei ihm gefunden, bevor er in die Zelle gebracht worden war. Er zog die beiden Fotos hervor und betrachtete sie unschlüssig. Besser waren sie nicht geworden in seiner Gesäßtasche, sie hatten kleine Knicke bekommen. Er steckte das Foto von Sabine wieder ein und untersuchte die Szene mit dem schwarzen Jeep auf dem zweiten Bild genauer. Was hatte Tobias mit Wegener zu tun? Warum hatte Tobias in der Nacht zum Freitag Sabines Bild beiseitegeräumt? Und dann dieser Kerl im Hintergrund – war das nicht vielleicht doch Süßholz-Sauer?

Ein etwas abwegiger Gedanke kam ihm. So schnell der Gedanke da war, so schnell verwarf er ihn aber auch wieder. Aber musste er nicht nach jedem Strohhalm greifen, um hier wieder rauszukommen? Vielleicht half ihm die Idee doch weiter. Dazu müsste er Gehring sprechen. Karlo hätte einiges gegeben, wieder in Freiheit zu sein. Er würde auf jeden Fall verlangen, telefonieren zu dürfen. Das war sein gutes Recht!

–

Gehring hatte in der Zwischenzeit die Berichte noch einmal durchgearbeitet. Zweifelsohne waren Kölners Fingerabdrücke, allerdings einigermaßen verwischt und nur schwer zu identifizieren, auf der Drachenfigur zu sehen. Die Handstellung jedoch ließ nicht darauf schließen, dass Kölner mit der Statue zugeschlagen haben könnte. Auch die Spuren, die Wegener auf dem Drachen hinterlassen hatte, wiesen nicht zwingend auf ihn als Täter. Dafür befanden sich an einer Ecke der Kommode, die im Schlafzimmer stand, Blutspuren und Haare der Getöteten, als wäre sie mit dem Kopf dagegen gefallen. Oder gestoßen worden. Wobei die Haare von der Perücke stammten, die von der Frau zum Zeitpunkt ihres Todes getragen wurde. Unzweifelhaft befand sich aber das Blut der Dame am Sockel der Drachenfigur, die man bei Kölner auf dem Balkon gefunden hatte. Es gab etliche Szenarien, die vorstellbar waren. Kölner als Täter schien im Licht der vorhandenen Tatsachen aber eher unwahrscheinlich. So kam er nicht weiter.

Dann aber hatte er eine Neuigkeit erhalten!

Die Fingerabdrücke aus dem Badezimmer waren identifiziert worden. Sie passten zu Lothar Süßelmann, einem kleinen Ganoven, der in Hamburg registriert war. Dessen kriminelles Tagebuch allerdings passte überhaupt nicht zu der monströsen Tat, die hier geschehen war. Seine Vergehen in der Vergangenheit waren eher unbedeutende Nebensächlichkeiten gewesen, bei denen er in den meisten Fällen – juristisch gesehen – mit einem blauen Auge davongekommen war. Ein Mitläufer also. Und der sollte Josef Wegener auf solch unglaubliche und brutale Weise abgeschlachtet haben? Warum?

Gehring zählte Waldemar Borek immer noch zum Kreis der Verdächtigen. Aber vielleicht musste man ihn nach den neuen Erkenntnissen in einem etwas anderen Licht betrachten? Wahrscheinlich würde man ihn wieder auf freien Fuß setzen müssen, denn im Moment war ihm nicht zu beweisen, dass er tatsächlich erpresst wurde. Ob jetzt von Wegener, dieser toten Hure oder auch von beiden gemeinsam.

Gehring erhob sich. Er würde noch einmal mit Karlo Kölner reden. Nach der Sachlage konnte er auch ihn nicht mehr allzu lange festhalten.

–

Als Karlo anfangen wollte, sich bemerkbar zu machen, hörte er, wie jemand die Tür öffnete.

„Warten Sie bitte hier."

Gehring trat in die Zelle. Karlo sah den uniformierten Beamten hinter ihm die Tür wieder schließen.

Er überfiel den Kriminalbeamten umgehend mit seinem Anliegen.

„Ich möchte sofort telefonieren. Ich habe nichts getan, das wissen Sie genau! Sie glauben mir doch? Ich muss mit jemandem sprechen, der mir einen Anwalt besorgt und der mir ..."

Gehring stand nun einen Schritt vor Karlo und unterbrach ihn mit erhobenen Händen.

„Einen Moment, Herr Kölner, einen Moment. Ich habe noch ein paar Fragen, dann können Sie meinetwegen telefonieren."

„Na gut. Alles klar, fragen Sie! Aber danach will ich telefonieren! Und überhaupt", Karlo blickte den Beamten beunruhigt an, „was ist mit Joe Wegener passiert? Wissen Sie da schon was? Erzählen Sie doch! Und", fügte er noch aufgeregt hinzu, „haben Sie denn schon die DVD angesehen?"

„Nein, so geht das nicht, Herr Kölner. Zu viele Fragen auf einmal. Antworten Sie jetzt bitte erst einmal mir! Also, sagt Ihnen der Name Süßelmann etwas? Lothar Süßelmann?“

Man sah Karlo die Enttäuschung an.

„Nie gehört. Wer soll das sein?“

Gehring empfand die Antwort als aufrichtig.

„Nun, er ist ein Verdächtiger im Tötungsfall Wegener. Wir haben seine Fingerabdrücke am Tatort gesichert.“

„Und wie hat er ihn umge... ich meine, wie ist Joe gestorben?“

Gehring überging die Frage. Als er weitersprechen wollte, unterbrach ihn Karlo aufgeregt.

„Herr Gehring, bitte, hören Sie zu. In meinem Rucksack, den Ihre Leute sichergestellt haben, bevor sie mich hier ins Verlies geworfen hatten“, er unterbrach sich und guckte den Polizisten anklagend an, dann schien er kurz nachzudenken, bevor er fortfuhr. Der Gedanke, der ihm vorhin gekommen war, ließ ihn nun nicht los.

„In diesem Rucksack also befindet sich auch eine Brieftasche mit meinem Geld. Auf der Brieftasche müssten Sie Fingerabdrücke finden. Und nicht nur meine eigenen. Wenn Sie diese Abdrücke identifiziert haben, reden wir weiter. Und jetzt sage ich gar nichts mehr, jetzt will ich telefonieren, bitte, Herr Gehring. Und einen Kaffee habe ich auch noch nicht bekommen.“

Wäre es nicht Karlo Kölner gewesen, der da vor ihm saß, Gehring wäre wohl seit langer Zeit wieder einmal ausgerastet und handgreiflich geworden. Doch erstens mutmaßte er, dass er diesen chaotischen Menschen nicht ändern konnte. Zweitens hatte er schon öfter mit ihm zu tun gehabt. Leider musste er zugeben – er hätte dies niemals laut geäußert, vor allem nicht vor Kölner selbst –, dass er schon zweimal etwas Entscheidendes zur Aufklärung eines Falles beigetragen hatte. Obwohl – oder vielleicht gerade eher weil – er in die jeweilige Geschichte verwickelt war.

So aber ahnte er, dass Kölner nicht ohne Grund die Brieftasche erwähnt hatte. Und was sollte es schaden, wenn er dieser Spur nachging? Also beschloss er, mitzuspielen.

„Na gut, Herr Kölner. Ich lasse die Brieftasche untersuchen. Finden wir dadurch den Mörder von Wegener, können Sie nach Hause gehen. Wenn nicht, kriegen Sie einen Kaffee und dürfen Ihren Anwalt – oder wen auch sonst – anrufen."

„Herr Gehring, eine Frage noch bitte, könnten Sie mir noch sagen, wie Joe gestorben ist? Ich meine – immerhin habe ich ihn gekannt."

Gehring kämpfte einen Moment mit sich, ob er seinen Stammkunden näher informieren sollte. Letztendlich setzte er Karlo mit ein paar knappen Worten ins Bild, erzählte ihm jedoch nicht von allen Einzelheiten. Immerhin aber erwähnte er, dass dem Ermordeten die Kehle durchgeschnitten worden war.

Es entging dem Hauptkommissar keineswegs, dass sich Karlo Kölner spürbar entspannte, ja, man konnte es durchaus Erleichterung nennen, was sich da auf seinem Gesicht abzeichnete. Gehring spürte, dass eine Zentnerlast von Karlo abgefallen war. Was war da nur wieder los? Er beäugte Karlo misstrauisch.

Es war offensichtlich, dass er in der letzten Minute einiges an Selbstsicherheit zurückgewonnen hatte. Kölner würde jetzt nichts mehr sagen.

Als Gehring schon an der Tür stand, meldete sich Karlo doch noch einmal zu Wort.

„Herr Gehring, ich hätte da noch eine Bitte."

Gehring hielt die Luft an. Was kam denn jetzt schon wieder?

„Was ist denn noch?"

„Ach, wissen Sie, ich haben Ihnen doch von der jungen Frau in der Fuldaer Bordellwohnung erzählt."

„Ja, und?"

„Sie werden sie zurückschicken müssen?"

„Höchstwahrscheinlich."

„Nun, dann wäre es schön, wenn Sie ihr noch einen Gruß von mir ausrichten. Ich hatte ihr versprochen, ihren Ausweis wiederzubeschaffen. Und zur Zeit kann ich ihr die Papiere wohl nicht persönlich überreichen. Ich fände es aber schön, wenn sie wüsste, dass ich mein Wort gehalten habe."

Gehring wirkte wie ein monströser Hamster, als er die Backen aufblähte und die Luft ausblies. Er rieb die Hände aneinander, als er antwortete.

„Ich will sehen, was ich tun kann. Versprechen kann ich es nicht."

„Danke!"

Der Hauptkommissar machte sich bei dem Beamten vor der Tür bemerkbar und verließ die Zelle.

*Am selben Tag, gegen Abend*

# 15

Georg Gehring fühlte sich bestätigt. Kölner hätte die Brieftasche nicht erwähnt, wenn er nicht etwas gewusst hätte. Die Abdrücke auf dem Portemonnaie und auch auf etlichen anderen Gegenständen in Karlos Rucksack stammten von Lothar Süßelmann.

Kölner kannte also den Mörder Joe Wegeners! Und er musste vor kurzer Zeit Kontakt mit ihm gehabt haben. Aber welche Rolle spielte Kölner in dieser Geschichte? Nun ja, Karlo müsste noch einiges erklären, bevor er ihn wieder auf freien Fuß setzen konnte, überlegte der Hauptkommissar.

Gehrings Kollege Reichard wollte gerade Feierabend machen, als der Hauptkommissar ihn erreichte. Die Beamten ließen Karlo Kölner ins Verhörzimmer bringen. Eine Viertelstunde später saßen die beiden Polizisten einem aufgeregten Karlo gegenüber.

„Und? Haben Sie was gefunden? Sind die ..."

Gehring reagierte verärgert und unterbrach Karlos Frage barsch.

„Sie haben uns mal wieder angelogen, Kölner. Wollten uns weismachen, Sie würden diesen Lothar Süßelmann nicht kennen. Und was passiert? Wir finden seine Fingerabdrücke auf jeder Menge Gegenstände in Ihrem Rucksack. Das müssen Sie uns jetzt erklären!"

Karlo war nun ziemlich durcheinander. Er kannte keinen Süßelmann, da war er sich ganz sicher.

„Ich kenne niemanden, der Süßelmann heißt, wirklich nicht."

Er überlegte. Wenn die Polizei am Tatort bei Wegeners Leiche Fingerspuren gefunden hatte, und diese identisch waren mit den Abdrücken in seinem Rucksack, dann konnte das nur eines bedeuten: Der Unbekannte, Lothar Süßelmann und Süßholz-Sauer waren ein und dieselbe Person.

Aber wenn das so war, grübelte Karlo, wie sollte dieses dürre Männchen den muskulösen Wegener überwältigt haben?

Dann lief ihm ein Schauer über den Rücken. Er dachte an den bewusstlosen Wegener. Und wie danach dieser Unbekannte in der Wohnung verschwunden war.

Hatte er etwa unbeabsichtigt die Vorarbeit für einen Mord geleistet?

Mit großer Neugierde verfolgte Gehring, wie es in Karlo arbeitete. Er wollte ihm Zeit lassen, ihn jetzt nicht zu sehr unter Druck setzen. Es schien dem Kriminalbeamten offensichtlich, dass Kölner etwas Wichtiges zu sagen hatte und er nur noch nach der richtigen Formulierung suchte. Nach einer Weile begann Karlo zu reden.

„Die Abdrücke gehören einem gewissen Sauer. Ein Original, könnte man fast schon sagen, das seit einiger Zeit in Fechenheim zugange ist. Genannt wird er übrigens Süßholz-Sauer."

Karlo erklärte knapp, wie Sauer zu seinem Spitznamen gekommen war und wie ihn wohl die meisten Stadtteilbewohner wahrnahmen.

Gehring schlug den blauen Aktenordner auf, der vor ihm auf dem Tisch lag, blätterte etwas nach hinten und entnahm ein Foto. Er legte das Foto vor Karlo Kölner auf den Tisch.

„Hier. Ist das Ihr Sauer?"

„Er ist nicht *mein* Sauer", entgegnete Karlo unwillig, langte nach der Fotografie und beäugte sie aufmerksam. „Aber ja, natürlich, das ist er", rief er dann aus und griff in seine Gesäßtasche. Er zog das Bild, auf dem die vier Personen und der schwarze Jeep zu sehen waren, hervor und warf es auf den Tisch. Jetzt wurde ihm die Verbindung schon klarer. Wegener und Sauer – oder besser: Süßelmann – auf dem Foto zusammen, das konnte man erklären. Doch was hatte Tobias damit zu tun?

Und schon tat es ihm leid, dass er dem Polizisten das Bild gezeigt hatte. Er wollte Tobias und Sabine nicht in diese böse Geschichte mit reinziehen. Auf der anderen Seite hatte Tobias mit der Sache gar nichts zu tun, geschweige denn Sabine, die die ganze Woche überhaupt nicht dagewesen war. Er beruhigte sich ein wenig und lehnte sich in seinem Stuhl zurück.

Das unangenehme Gefühl aber hielt an. Was sollte er nur sagen, wenn Gehring wissen wollte, woher das Bild stammte? Der Beamte würde bestimmt neugierig sein, wer Tobias war und ihn eventuell vernehmen wollen. Verflixt noch mal, da war er einmal mehr zu unüberlegt, zu unvorsichtig gewesen. Wie sollte er es Gehring klarmachen, dass er das Bild schlicht und einfach geklaut hatte. Und das, genau betrachtet, eigentlich ganz ohne Grund. Eben nur deshalb, weil Tobias das Bild aus dem Regal genommen hatte und er nicht verstanden hatte, warum. Karlo überlegte fieberhaft.

Reichard hatte sich das Bild geschnappt und schaute es aufmerksam an. Dann gab er es an seinen Chef weiter. Der betrachtete es nur kurz und schickte einen kritischen Blick zu Karlo Kölner.

„Woher haben Sie das?"

Karlo versuchte Zeit zu gewinnen. Er schaute treuherzig zum Hauptkommissar.

„Steckte die ganze Zeit in meiner Hosentasche. Haben Ihre Kollegen wohl übersehen, bei der Durchsuchung."

Gehring schnaubte gereizt.

„Das meine ich nicht. Woher stammt dieses Foto?"

„Ach so, woher. Na ja, woher? Das Foto lag irgendwo in meiner neuen Wohnung rum. Hat Joe wohl dort liegengelassen und dann vergessen. Ich hab das Ding dann eingesteckt. Wollte es ihm geben, wenn ich ihn das nächste Mal getroffen hätte. Ich konnte ja nichts damit anfangen."

Er schaute betrübt in die Runde.

„Nun ja, das geht jetzt wohl nicht mehr", beschied er den Beamten bedrückt.

„Wer sind die beiden anderen Personen?"

„Keine Ahnung, kenn ich nicht!"

Die Antwort kam etwas zu schnell für Georg Gehrings Geschmack. Er beließ es aber für den Moment dabei, das würde er schon noch herausfinden. Wichtiger war jetzt etwas anderes.

„Wo finden wir Süßelmann? Hat der hier eine Wohnung?"

Karlo zuckte mit den Schultern.

„Eine Wohnung? Ja, wahrscheinlich schon, aber wo, weiß ich nicht. Allerdings, ihn zu finden wird nicht allzu schwer sein. Ich kann Ihnen dabei helfen. Er hat da so seine Gewohnheiten. Nehmen Sie mich mit, Sie wollten mich doch sowieso gehen lassen, oder? Wie viel Uhr ist es denn? Was?

Schon so spät? Dann müssen wir bis morgen warten. Sauer ist jetzt bestimmt nicht mehr draußen."

Karlo ignorierte die fragenden Blicke. Er war aufgestanden und schaute die Polizisten siegessicher an.

„Morgen früh trinken wir erst in aller Ruhe eine Tasse von Ihrem guten Kaffee. Den haben Sie mir sowieso versprochen. Und dann holen wir uns Sauer, äh, ich meine Süßelmann."

„Unverschämter Kerl", dachte Gehring.

Warum nur konnte er diesem abgedrehten Burschen nichts übelnehmen ...

*Sonntag, 18. Oktober*

## 16

„Ich verstehe das einfach nicht. Normalerweise steht der Sauer sonntagmorgens immer an irgendeinem Wasserhäuschen."

Karlo saß auf der Rückbank hinter den beiden Kriminalbeamten und war höchst unzufrieden mit dem Ergebnis der Suche.

Die drei Männer hatten soeben den Kiosk an der Ecke zum Kleedreieck passiert. Es war der letzte Ort gewesen, an dem Karlo den dürren Mann noch vermutet hätte. Aber auch hier Fehlanzeige. Karlo hatte die jeweiligen Kioskbesitzer befragt. Keiner hatte den Gesuchten in den letzten zwei Tagen gesehen. Sauer war verschwunden. Harald Reichard steuerte den Wagen an den rechten Fahrbahnrand und schaltete den Motor aus.

Gehring drehte sich nach hinten zu dem frustrierten Karlo Kölner.

„Eigentlich ist es kein Wunder. Ich hätte es wissen sollen. Wenn ich gerade jemandem die Kehle durchgeschnitten hätte, würde ich wahrscheinlich auch nicht biertrinkend am Kiosk stehen und warten, bis ich endlich abgeholt werde."

„Was machen wir jetzt? Was geschieht nun mit mir? Kann ich endlich gehen?"

Karlo startete einen neuen Versuch, den Hauptkommissar zu überzeugen, ihn endlich laufenzulassen.

Gehrings Handy unterbrach diese Bemühungen.

Er winkte kurz ab und meldete sich mit seinem Namen. Einen Moment lauschte er mit ernstem Gesicht, dann fragte er nach.

„Wir sind ganz in der Nähe, ja, wir kommen sofort. Wo ist das genau? Von der Endstation Schießhüttenstraße am Main entlang? Ah, Richtung Offenbach. Direkt hinter dem Friedhof. Ach, wie passend ... nein, weiß ich nicht genau ... doch, doch, wir haben quasi einen Ortskundigen dabei. Bis gleich!"

Gehring versenkte sein Handy wieder in der Manteltasche und schilderte den Inhalt des Anrufs.

„Es reißt nicht ab. Schon wieder ein Toter. Auf einer Parkbank am Main. Ein Jogger hat ihn gefunden und die Streife angerufen."

Er drehte sich zur Rückbank.

„Ich zeig Ihnen den Weg", schaltete Karlo schnell und übernahm begeistert das Kommando.

„Wenden Sie hier. Wir müssen ein Stück zurückfahren. Ist nicht weit."

–

Polizeiobermeister Dietmar Hund sah den Wagen näherkommen. Das war wirklich schnell gegangen, Gehring hatte nicht übertrieben. Er wartete, bis das Auto angehalten hatte und näherte sich der Beifahrertür. Zuerst wollte er dem Hauptkommissar die Tür aufhalten, so, wie er es schon des öfteren im „Tatort" gesehen hatte. Seine Hand hatte den

Türgriff noch nicht ganz erreicht, da sah er Karlo Kölner im Fond des Wagens sitzen. Hund riss die Augen auf und zuckte zurück.

Georg Gehring stieß die Tür nun höchstpersönlich auf, stieg aus und betrachtete den konsternierten Streifenpolizisten amüsiert.

„Schließen Sie den Mund, Herr Hund."

Zu spät erkannte Gehring den Reim, der ihm über die Lippen gekommen war. Peinlich. Das hatte er nicht beabsichtigt. Im Augenwinkel sah er seinen Kollegen Reichard süffisant grinsen und setzte matt hinzu: „Sie holen sich nur eine Halsentzündung."

Dann schaute er sich aufmerksam um. Zehn Meter weiter auf der linken Wegseite stand eine Holzbank. Gehring bemerkte ein dunkelgrünes Bündel darauf. Es sah aus wie ein Schlafsack. Vor der Bank lagen drei leere Flaschen Bier und etliche kleine Portionsfläschchen Magenbitter. Ebenfalls leer.

„Was ist passiert?"

Inzwischen standen alle Beteiligten bis auf Kommissar Reichard, der im Wagen am Funk hantierte, vor der Bank. Karlo Kölner hielt sich, begleitet von den misstrauischen Blicken der zwei Streifenbeamten, etwas im Hintergrund. Gehring hatte richtig vermutet. Ein Mann steckte in einem Schlafsack. Sein fahles, eingefallenes Gesicht lugte unter der Kapuze hervor.

„Sie haben doch nichts angefasst?"

„Wir machen das schon eine Weile, Sie kennen uns doch, Herr Gehring."

Hund wirkte entrüstet.

„Deshalb frage ich ja. Nun, wenigstens hat Sie diesmal

niemand eingeschlossen." Diese Bemerkung konnte sich der Hauptkommissar nicht verkneifen.

„Das ist er, das ist Sauer."

Karlo war ebenfalls nähergekommen. Gehring schaute ihn von der Seite an.

„Sicher?"

„Klar bin ich sicher, warum ...

„Die Spurensicherung ist unterwegs!"

Reichard hatte das Auto verlassen und starrte nun ebenfalls fassungslos auf das leblose Bündel.

–

Ein Mann von der Spurensicherung ließ zwei blauweiße Päckchen in einer Plastiktüte verschwinden. Er hielt sie Gehring so hin, dass der Polizist die Beschriftung lesen konnte.

„Wie es aussieht, vergiftet", ließ er vernehmen. „Vermutlich Schlaftabletten, hier, schauen Sie, das steckte im Schlafsack. Sieht ganz nach Selbstmord aus."

Er grub weiter in der grünen Schlafhülle.

„Moment, da ist noch was. Hier."

Der Mann faltete zwei hintereinandergelegte DIN-A4-Blätter auseinander und hielt sie dem Hauptkommissar hin.

„Einen Moment."

Gehring zog sich Handschuhe an, dann nahm er das Blatt vorsichtig in die Hand. Es war eng beschrieben, in einer kleinen, aber gut lesbaren Schrift.

„Ein Abschiedsbrief?"

Heimlich und still hatte sich Karlo hinter Georg Gehring postiert, als dieser den Brief überflog, schaute ihm über die Schulter und las eifrig mit.

*An die Polizei*

*Es ist viel schief gelaufen in meinem Leben. Wenn Sie das lesen, ist alles vorbei, und das ist gut so. Ich habe Joe nie wirklich über den Weg getraut. Aber es gab immer was zu verdienen bei ihm und er hat nicht schlecht bezahlt. Richtig große Sachen musste ich sowieso nie für ihn erledigen. Damals konnte ich mir sogar Urlaub leisten. In Ungarn, da lernte ich Antonia kennen. Ich habe mich sofort verliebt. Bei Antonia weiß ich es nicht so genau, sie wollte auf jeden Fall nach Deutschland. Ich nehme an, deshalb wollte sie mich auch heiraten. Wir haben das auch gemacht. Sie hat hier dann einen ordentlichen Job gefunden, wir hatten nicht viel, aber es hat gereicht und zumindest ich war glücklich.*

*Und dann hat Antonia Joe kennengelernt. Der hat ihr das Blaue vom Himmel versprochen, hatte viel Geld und seine großen Sprüche. Zuerst habe ich nichts gemerkt. Alles war wie immer, und ich dachte: „Was bist du doch nur für ein Glückspilz."*

*Dann aber wurde ich ständig krank, es hat gar nicht mehr aufgehört, wie bei einem Kettenraucher, der eine Kippe mit der anderen anzündet. Ich will hier nicht jammern und es kurz machen: Der Arzt eröffnete mir irgendwann, ich sei HIV positiv. Die Krankheit war zu dem Zeitpunkt schon ausgebrochen. Jetzt wusste ich plötzlich, was mit mir los war. Nur, wieso? Wie war das gekommen? Das konnte nicht sein, dachte ich. Ich hatte doch immer nur mit Antonia geschlafen.*

*Ich wurde misstrauisch und bekam raus, dass Antonia schon längere Zeit für Wegener anschaffen ging. Sie hatte sich wohl bei der Arbeit infiziert, ich hoffte nur, dass es den Mistkerl auch erwischt hatte, aber das ist ja jetzt egal. Als Antonia erfuhr, dass sie infiziert war, hat sie sich mit Schlaftabletten umgebracht.*

*Kurz darauf kam Joe wegen einer dummen Sache in den Knast. Ich habe gewartet, und als er wieder rauskam, bin ich ihm nicht mehr von den Fersen gewichen. Ich suchte eine Gelegenheit, ihm alles heimzuzahlen. Als er Hamburg verließ und nach Fulda ging, bin ich ihm gefolgt, genauso wie später nach Frankfurt. Irgendwann sind wir dort zusammengetroffen und er hatte wohl doch ein schlechtes Gewissen. Er hat mir einen Job als Aufpasser angeboten und dazu eine Wohnung. Ich habe ihm gesagt, er solle mich in Ruhe lassen, ich hätte kein Interesse. Er hat nur gelacht und mir einen Zettel mit seiner Telefonnummer in die Tasche gesteckt.*

*Ich dachte allerdings, es wäre für meine Pläne von Vorteil, wenn jemand in Joes Nähe wäre, den ich kenne und der mir einiges erzählen könnte. Ich wollte Joe erledigen, wusste nur noch nicht wie. Und so habe ich diesen Zettel an Kölner weitergegeben, von dem ich wusste, dass er dringend eine Wohnung suchte. Und Kölner hat dann den Job und die Wohnung bekommen.*

*In der Nacht zum 12. Oktober bin ich Joe in das Haus gegenüber der katholischen Kirche gefolgt. Ich hatte das Haus schon länger beobachtet. Er hat mich wohl nicht bemerkt. Dort bekam er Streit mit einer rothaarigen Frau, die offensichtlich für ihn anschaffte. Es ging um Geld, das die Frau unterschlagen haben sollte und um andere Frauen, die Joe zur Prostitution gezwungen hat. Joe hatte die Tür in seiner Erregung nicht richtig geschlossen und ich konnte am Eingang alles mithören. Die Frau hat Joe geohrfeigt, das habe ich gehört und aus dem Flur klang es, als hätte Joe dann auch zugeschlagen. Ich habe mich oben im Treppenhaus versteckt.*

*Als ich dann wieder zu der Wohnungstür kam, stand sie immer noch einen Spalt offen. Ich ging hinein und entdeckte eine tote Frau. Da bekam ich es mit der Angst zu tun und bin abgehauen.*

*Am 15. Oktober bin ich dann Kölner heimlich gefolgt, der offensichtlich Joes Wohnung in Offenbach aufgespürt hatte. Er ist in die Wohnung eingedrungen und wurde von Joe dabei überrascht. Als ich in das betreffende Stockwerk kam, musste Kölner soeben die Wohnung verlassen haben. Dort fand ich Joe ohne Bewusstsein im Flur.*

*Sie werden es sicher verstehen, wenn ich das als meine Chance angesehen habe. Kölner hat nichts mit dem Ableben von Joe zu tun. Wie ich es getan habe, haben Sie ja gesehen. Alles ging wie von selbst und es war mir eine große Befriedigung.*

*Vielleicht können Sie meinen Hass ein wenig nachvollziehen. Mir geht es nicht besonders gut, aber ich kann wenigstens sagen, dass ich mein letztes Ziel erreicht habe. Das letzte Stück meines verpfuschten Lebens möchte ich mir allerdings ersparen. Ich will nicht mehr.*

*Lothar Süßelmann*

Gehring hatte fasziniert gelesen. Es war schon so: Immer wieder endeten scheinbar belanglose Vorkommnisse in der Katastrophe. Dieser Fall allerdings schien nun klar zu sein. Süßelmanns Brief klang zwar bitter, aber nicht unglaubwürdig. Was auf Kölner noch zukam, vermochte er momentan nicht zu sagen. Dass er sich illegal Zugang zu Wegeners Wohnung verschafft hatte, würde er wohl verantworten müssen. Er würde den Fall bald abschließen können, sollte sich das mit dem Selbstmord bestätigen. Ein richtig gutes Gefühl hatte er allerdings nicht. Er spürte einen bitteren Beigeschmack, der die Freude über den schnellen Aufklärungserfolg trübte.

Er nahm sich vor, alles noch einmal ganz genau durchzugehen, bevor er seinen Abschlussbericht schreiben würde.

*Montag, 19. Oktober*

# 17

Karlo stellte seine Kaffeetasse auf dem Tisch ab und wischte die Krümel seines ausgiebigen Frühstücks mit der Hand zusammen. Er saß in der Küche seiner neuen Wohnung und praktizierte das, was der Hauptkommissar „zur Verfügung halten" genannt hatte. Gehring hatte ihn aufgrund des Briefes von Süßelmann gehen lassen.

Karlo kannte die wesentlichen Passagen des Briefes, den er teilweise mitlesen konnte. Gehring schien ziemlich von Süßelmanns Ausführungen gefesselt gewesen zu sein. Er hatte nicht bemerkt, wie Karlo ihm die ganze Zeit über die Schulter gesehen hatte. Karlo musste zugeben: Das war starker Tobak gewesen. Aber es hatte ihn entlastet. Eines allerdings verstand Karlo nicht. Er überlegte hin und her, doch es wollte nicht passen. Warum hatte man die Drachenfigur auf seinem Balkon gefunden? Das gab keinen Sinn. Es sei denn, Joe hätte den Verdacht auf ihn lenken wollen, nachdem er Moni damit erschlagen hatte. Doch wann hätte er das tun sollen? Er dachte an den Tag – oder besser die Nacht – des Mordes. Fraglos fehlte ihm ein ganzes Stück Zeit in seiner Erinnerung.

Und wieder fiel ihm sein Schlüsselbund ein, der am Morgen noch von außen an seiner Tür gesteckt hatte. Karlo sah nur eine Möglichkeit: Joe war nach dem Mord an Moni bei ihm in der Wohnung gewesen, während er seinen Rausch ausschlief, und hatte ihm dabei die Tatwaffe untergeschoben.

Was allerdings nach Joes Tod nun mit der Wohnung geschehen würde, wusste Karlo nicht. Behalten konnte er sie auf keinen Fall, das war ihm klar. Bestimmt musste er das schöne Domizil demnächst räumen. Schade. Doch dann beschloss er, die Dinge auf sich zukommen zu lassen. Er war sich sicher, dass der Vermieter nichts von seiner Existenz wusste, da der eigentliche Mieter Joe Wegener war. Aber solange es gut ging und sich niemand bei ihm meldete, konnte er ja die Annehmlichkeiten der komfortablen Behausung in Anspruch nehmen. Und wenn sich der Vermieter meldete, würde er sich einfach erst einmal dumm stellen.

Mit einem Mal zog es ihn an die frische Luft. Darüber hinaus überlegte er, dass es nicht schlecht wäre, ein Fahrzeug bei sich zu haben. Ein benutzbares Fahrrad hatte er im Moment zwar nicht. Aber das MZ-Gespann, das ihm sein Freund Wolfhard Kuhl überlassen hatte, stand im Garten des Clubs in Oberrad, war angemeldet und auch fahrbereit. Und er war jetzt wieder ein freier Mann. Die Bitte Gehrings, sich zur Verfügung zu halten, war bestimmt nicht als Hausarrest gedacht. Also fasste er den Entschluss, seiner alten Behausung einen Besuch abzustatten, um sein Motorrad zu holen.

Auf gerade diese Behausung würde er Kuhl und die Leute vom Club in den nächsten Tagen ansprechen. Es war ihm klar, dass er seine neue Wohnung wieder räumen musste. Und selbst, wenn er die Wohnung behalten konnte, wäre der Mietpreis sicherlich viel zu hoch für seinen schmalen Geldbeutel.

Was blieb ihm also? Vielleicht könnte er die Clubhütte noch einige Zeit benutzen. Doch was sollte er Jeannette erzählen? Er hatte keine Zeit mehr gehabt, sich bei ihr zu melden, sie zur Feier der neuen Wohnung zu einem Bierchen einzuladen. Und vielleicht danach die neue Wohnung ein wenig einzuweihen, dachte er dann etwas verschämt. Das konnte er nun ganz sicher abhaken, denn die Ereignisse hatten sich wieder einmal überschlagen. Leider. Für Jeannette musste er sich etwas Besonderes einfallen lassen, wollte er noch eine Chance haben.

Jetzt aber benötigte er einen ausgedehnten Spaziergang an der frischen Luft. Vielleicht kam ihm dabei eine Erleuchtung, so hoffte Karlo. Er schaute aus dem Fenster. Über dem Main waberten dicke Nebelschwaden. Sie reichten fast bis zu den Spitzen der Pappeln, die entlang des Fußwegs nur schemenhaft auszumachen waren. Eine monochrome Symphonie der Grautöne. Fröstelnd rieb Karlo die Hände aneinander.

Einen Augenblick hatte er daran gedacht, mit der Bahn nach Oberrad zu fahren, denn er hatte Furcht, der Nebel könnte Einzug in sein Gemüt, seine Gedanken halten. Doch dann riss er sich zusammen und entschloss sich kurzerhand für die sportliche Variante. Er verließ das Haus und lief zielstrebig und mit strammem Schritt los.

Karlo war gut zu Fuß. Er war durch den Nebel gelaufen wie durch eine Art Seelenfilter. Zeitweise war ihm überhaupt nicht bewusst, wie und wo er sich fortbewegte und bemerkte zwischendurch doch immer wieder voller Verwunderung, wie weit er schon gelaufen war. Sein Kopf war wie leer gefegt, er hatte an nichts gedacht, nicht denken können und nur diese innere Stille genossen, die er in den dicken feuchten Nebelschwaden gleichsam eingeatmet hatte. Es war, als wären die schlimmen Ereignisse der letzten Tage aus seiner Erinnerung gespült worden.

Nach eineinviertel Stunden war er fast an seinem Ziel angekommen. Er spürte eine angenehme, fast ätherische Leichtigkeit.

Er hatte auf der Höhe der Gerbermühle die Uferstraße überquert und war hinter der Unterführung nach links in die Gärten abgebogen. Dann war er eine Weile neben dem Bahndamm entlanggelaufen. Nach einiger Zeit sah er im Nebel das Autohaus an der Ecke des Strahlenberger Wegs auftauchen.

Ein wenig zu beflügelt von dem Gefühl der inneren Leere, sah er den Fahrradfahrer vor sich zu spät. Der Nebel hatte seinen Teil dazu beigetragen, dass er den Mann nicht früher registrieren konnte.

Als der Fahrradfahrer ungefähr fünf Meter vor ihm war, trafen sich die Blicke der beiden Männer. Beide erkannten sich im selben Moment. Karlo stand für eine Sekunde starr, als hätte er Wurzeln in den löcherigen Asphalt geschlagen.

Es war genau eine Sekunde zu lange.

Der Radler reagierte schneller. Er bog abrupt in den Strahlenberger Weg ab und begann, mächtig in die Pedale zu treten. Karlos Erstarrung hatte sich gelöst und er fing an, hinterher zu spurten.

Das war sein Fahrrad, zum Teufel, da vor ihm fuhr der Dreckskerl, der ihn auf dem Offenbacher Markt vor ein paar Wochen beklaut hatte.

Karlo rannte, bis er glaubte, die Kniescheiben würden ihm herausspringen.

Dann aber trabte er schweratmend aus. Niedergeschlagen musste er zusehen, wie die Rückleuchte im dichten Nebel verschwand.

Nach fünf weiteren Minuten erreichte er erschöpft die Gartenhütte des Clubs. So ein Mist! Er war buchstäblich überrumpelt von diesem plötzlichen und unerwarteten Wiedersehen. Niemals hätte er gedacht, sein schönes Fahrrad noch einmal zu Gesicht zu bekommen, geschweige denn in die Hände. Er ärgerte sich maßlos. So nah war er dran gewesen und hatte doch nicht schnell genug reagiert. Dann jedoch fasste er einen raschen Entschluss.

Drei Minuten später saß der alte Halbschalenhelm auf seinem Kopf, die betagte Motorradbrille vor seinen Augen und er selbst auf dem knatternden und qualmenden DDR-Zweitakter. Hinter dem Gartentor hielt er noch einmal kurz an und zog es wieder ins Schloss. Dann sprang er auf sein Dreirad und brauste los.

Zuerst fuhr er die Offenbacher Landstraße in beiden Richtungen ab, dann nahm er sich die weitere Umgebung vor. Nach mehr als einer Stunde beschloss er missgelaunt, aufzugeben.

Keine Spur von dem Mann und seinem Fahrrad. Pech gehabt. Jetzt erst spürte er die Kälte, die in seine dünne Lederjacke gekrochen war. Hätte er doch nur seine warme alte Belstaffjacke dabeigehabt. Auch auf die Handschuhe hatte er in der Hektik seiner Bemühungen, den Dieb noch zu erwischen, verzichtet.

Er passierte langsam die S-Bahn-Haltestelle Am Mühlberg. Der Nebel hatte kaum nachgelassen. Deshalb sah Karlo den Kleidercontainer auch relativ spät. Die Erinnerung überfiel ihn blitzartig. Die turbulente Situation, in die er vor ein paar Tagen an dieser Stelle geraten war, wurde ihm wie aus heiterem Himmel wieder präsent. Ein kleiner Fiat-Transporter parkte dahinter. Als er einen Mann mit einem großen Kasten vor sich am Boden des Containers hantieren sah, wurde er neugierig. Er hielt an und stellte den Motor ab.

Der Kasten stand gerade da, wo die Klappe war, aus der Karlo die Katze ins Gesicht gesprungen war. Karlo schlug sich mit der flachen Hand gegen den Helm. Vergessen war die Kälte. Da war dieses Gefühl wieder, etwas Bekanntes registriert zu haben. Und diesmal war es mehr als ein Gefühl. Es war der Geruch. Der Geruch, der ihm auch bei der Gartenarbeit aufgefallen war. Baldrian. Noch war Karlo ein wenig unsicher. Konnte das wirklich sein? Lockte da jemand Katzen in diesen Container? Und warum? Wenn das stimmte, was hatte man mit den Tieren vor? Das waren doch zumeist ganz normale Hauskatzen, nichts Besonderes, außer für die Besitzer selbst, die ihre Tiere schmerzhaft vermissten, vielleicht sogar befürchteten, sie wären überfahren worden.

Die Pharmaindustrie fiel ihm ein. Aber die züchteten ihre Versuchstiere doch selbst und griffen nicht auf gestohlene Katzen zurück. Vermutete Karlo zumindest.

Karlos Aufmerksamkeit verstärkte sich. Der Mann war allem Anschein nach fertig mit seiner Beschäftigung und trug den Kasten zur Hecktür des Transporters. Nachdem er den Behälter verstaut hatte, ließ er sich hinters Steuer fallen und fuhr los. Als sich der Wagen ungefähr hundert Meter entfernt hatte, kickte Karlo sein Motorad an, sicherte nach links und fädelte sich in den fließenden Verkehr ein.

Er folgte dem Wagen in gebührendem Abstand. Die Fahrt ging eine ganze Weile über die Sprendlinger Landstraße, danach nahm der Transporter den Abzweig in den Odenwaldring. Nach dem Ring-Center ging es nach rechts in die Senefelderstraße. Um ein Haar wäre der Abstand zu groß geworden und Karlo hätte nicht mehr mitgekriegt, wie der Mann in die Schreberstraße abbog.

Karlo sah im Nebel gerade noch die Bremsleuchten aufflammen und den Wagen in eine kleine Sackgasse einfahren, die rechts von der Schreberstraße abging. Der kleine Transporter hielt vor einem Gittertor, dem Eingang zu einem heruntergekommenen alten Fabrikgelände. Karlo stoppte vor der Sackgasse und stellte sein dreirädriges Gefährt ab. Den Helm warf er achtlos in den Seitenwagen und machte die Plane über dem Einstieg fest. Dann schlenderte er wie zufällig los, wechselte die Straßenseite und blieb vor einem Stromkasten stehen. Schnell ging er in die Hocke und verbarg sich hinter dem Kasten. Der Mann hatte ihn wohl nicht bemerkt und war dabei, seinen Transporter zu entladen. Vier Kisten standen auf dem Bürgersteig, als er das vergitterte Tor aufschloss und die Behälter zu einem flachen, pavillonartigen Gebäude schleppte. Der raue helle Putz des Gebäudes war im Laufe der Zeit grau geworden.

Karlo stand auf und näherte sich weiter, als der Mann die Kisten ins Gebäude geräumt hatte. Der Nebel hatte sich in der Zwischenzeit ein wenig verzogen. Karlo erkannte, dass das flache Gebäude über einen verglasten Zugang mit einem zweistöckigen Backsteinhaus verbunden war. Er sah undeutlich den Umriss des Mannes durch die verschmutzten

Glaselemente. Er beobachtete, wie dieser das Backsteingebäude betrat.

Das Eingangstor war nicht abgeschlossen. Auch die Tür zu dem flachen grauen Gebäude ließ sich bereitwillig öffnen. Karlo trat vorsichtig ein.

Das Bild, das sich Karlo bot, war zweifellos ungewöhnlich. In der Mitte des Raumes stand ein langer, schwerer Tisch. An der fensterlosen Seite des Gebäudes war eine Art provisorischer Käfig aufgebaut. Ein infernalischer Gestank nach Katzenpisse erfüllte den Raum. Ein zweiter Mann hielt eine Kiste in Hüfthöhe vor sich und versuchte, den Inhalt durch eine Öffnung in den Käfig zu kippen. Er schüttelte den Kasten ein wenig hin und her, und zwei Katzen, eine dreifarbige, rot, weiß und schwarz gefleckt und ein grauer Tiger, purzelten fauchend zu einer größeren Anzahl ihrer Artgenossen in den Verschlag. Als er seinen Blick geradeaus lenkte, dachte er zunächst, er würde träumen. Doch dann huschte ein grimmiges Grinsen über Karlos Gesicht. An der Stirnseite des Raumes stand ein Fahrrad.

Sein Fahrrad!

Als der Mann Karlo bemerkte und ihn erkannte, war das Erschrecken auf seiner Seite. Deshalb war Karlo dieses Mal der Schnellere. Mit einem Sprung war er bei dem Fahrraddieb. Der hatte den Kasten fallen lassen. Als er sich auf Karlo zubewegte, lief er in einen ganz gemeinen Kopfstoß. Er brach zusammen wie ein nur halb gefüllter Kartoffelsack.

Jetzt musste es schnell gehen. Der erste Mann aus dem Transporter war noch nicht wieder aufgetaucht. Karlo rannte zu seinem Motorrad und hoffte, dass die Spanngurte noch im Kofferraum lagen. Er hatte Glück und fand noch fünf der praktischen Befestigungsbänder. Als er wieder in das flache Gebäude schlüpfte, kauerte der Mann auf den Knien und kam gerade wieder zu sich. Karlo warf ihn zurück auf den Boden, drehte ihm die Arme auf den Rücken und schlang den ersten Spanngurt um seine Handgelenke. Mit dem zweiten Gurt band er die Füße seines Widersachers zusammen, die losen Enden verknotete er miteinander so, dass sich Hände und Füße hinter dem Rücken fast berührten. Aus ein paar herumliegenden Lappen fabrizierte Karlo hastig einen Knebel und stellte seinen Gegner damit auch akustisch ruhig.

Nun postierte er sich neben der Verbindungstür, die zu dem zweiten Gebäude führte und wartete.

–

Hauptkommissar Gehring saß indessen an seinem Schreibtisch und durchforstete die Berichte zu den zwei Mordfällen nebst dem dazu passenden Selbstmord. Er war immer noch nicht ganz zufrieden und zermarterte sich den Kopf darüber, was nach seinem Dafürhalten hier nicht so ganz zusammenpasste.

Während der ganzen Grübelei war sogar sein geliebter Wacker-Kaffee kalt geworden. Das war für ihn selbstredend ein besonderes Ärgernis, und wer den Kriminalbeamten näher kannte, wusste, dass ihm kaum etwas größeren Verdruss bereiten konnte als unvorhergesehene Begebenheiten, die ihn um seinen Kaffeegenuss brachten.

Wie gesagt: kaum.

Denn in diesem Augenblick klingelte das Telefon.

Als Gehring am anderen Ende der Leitung Karlo Kölners Stimme erkannte, fühlte er das Blut aus seinen Wangen weichen. Nicht schon wieder.

Als Karlo mit seinem Bericht geendet hatte, war Gehring etwas milder gestimmt. Er versprach, sofort die Offenbacher Polizei zu informieren. Die würden dann gleich eine Streife schicken.

–

Derweil geschah in Fechenheim etwas gänzlich Unerwartetes. Hund und Haffmann hatten eine Sternstunde! Der Polizeiwagen rollte wie so oft gemächlich durch Alt-Fechenheim. Das allein war noch nichts Besonderes. Routine eben. Sie passierten das Kleedreieck, Manfred Haffmann beabsichtigte, kurz hinter der katholischen Kirche in die Jakobsbrunnenstraße abzubiegen. Ein Stück vor der Kirche jedoch spürte er, wie sein Kollege Dietmar Hund ihn am rechten Arm packte.

„Was ist denn los?"

„Da, die junge Frau, vor dem Haus von Kölner, schau mal, was macht die denn da?"

Eigentlich machte die Frau gar nichts, auf jeden Fall nichts Verdächtiges. Sie stand nur da, in ihrem kurzen Lederrock, dem knappen Jäckchen, der kleinen Handtasche unter dem Arm und beobachtete scheinbar frierend das Haus, in dem Karlo Kölner neuerdings wohnte. Und sie sah dabei verdammt gut aus.

Ob es an dem guten Aussehen der Frau gelegen hatte, oder ob die beiden Polizisten tatsächlich eine Eingebung hatten, wird an dieser Stelle ungeklärt bleiben. Auf jeden Fall parkte Manfred Haffmann den Wagen am Gehweg, die Polizisten stiegen aus und setzten pflichtgemäß ihre Mützen auf. Dann steuerten sie auf die Frau zu.

Hund sprach sie an.

„Polizeikontrolle. Können Sie sich ausweisen?"

Die Frau war sehr erschrocken. Haffmann fiel zuerst der osteuropäische Akzent auf.

„Ausweis? Ich nicht hier habe Ausweis. Nicht dabei."

„Was machen Sie hier? Was haben Sie hier zu tun?"

„Ich nur warte. Auf Freund."

Und dann geschah das Unglaubliche. Dietmar Hund sagte *und* tat das Richtige.

„Ihr Freund kommt heute nicht. Er kommt überhaupt nicht mehr. Steigen Sie bitte ein. Wir nehmen Sie mit aufs Revier. Ach", fragte er noch hinterher, „wie heißen Sie eigentlich?"

–

Hauptkommissar Gehring hatte seinen Feierabend verschoben, als er die Information aus Fechenheim bekam.

„Das haben Sie prima gemacht, gute Arbeit!", hatte er Haffmann überschwänglich gelobt.

„Man tut eben, was man kann!", war Gehring darauf selbstzufrieden ans Ohr gedrungen. Der Kriminalbeamte hatte schweren Herzens auf einen bissigen Kommentar verzichtet, der ihm durchaus auf der Zunge lag. Haffmann musste versprechen, die Frau sofort zur Vernehmung ins Präsidium zu bringen.

Gehring schaute in einen der Ausweise, die Karlo Kölner in Wegeners Jacke gefunden hatte. Janina Rudzinski hieß die Frau also. Das passte doch. Vielleicht fand sich hier das Stück, das Gehring noch fehlte. Ohne das er noch immer glaubte, nur die halbe Wahrheit zu kennen.

Und es sollte sich herausstellen, dass Janina Rudzinski durchaus etwas Wichtiges zu berichten wusste.

–

Karlo schaltete in den dritten Gang, ließ die Kupplung los und drehte am Gasgriff. Er musste lachen, als er an das verblüffte Gesicht des zweiten Mannes dachte, nachdem dieser gefesselt neben seinem ebenfalls fest verschnürten Komplizen zu liegen gekommen war. Karlo hatte ihn dermaßen überrumpelt, dass seine Gegenwehr nur sehr schwach ausgefallen war.

Jedenfalls würden sich ein paar Katzenfreunde freuen, wenn sie ihr geliebtes Haustier wieder zu sich nach Hause holen konnten. Karlo konnte das gut nachvollziehen. Es war auch für ihn ein unbeschreibliches Gefühl gewesen, als er unter den vielen anderen Katzen Diogenes in dem Verschlag entdeckt und dieser ihn sogleich erkannt hatte. Und er ihn als Ersten aus dem verdreckten Käfig befreite.

Sein Fahrrad lag, mit den praktischen Spanngurten fest verzurrt, quer über dem Heck des Gespannes. Die Uniformierten der Offenbacher Polizei waren zuerst misstrauisch um die gewagte Konstruktion geschlichen, nachdem die beiden Katzendiebe verhaftet waren, hatten aber nichts weiter unternommen, um Karlo davon abzuhalten, sich damit in den öffentlichen Verkehr zu begeben.

Es war dann auch gutgegangen. Karlos Befestigungskünste hatten sich bewährt. Das antiquierte Motorrad stand nun vor dem Haus, sein Fahrrad lehnte sicherheitshalber in der Diele. Karlo wollte kein Risiko mehr eingehen.

Kater Diogenes lag zusammengeringelt auf dem Sofa. Die Wolldecke, die Karlo ihm hingelegt hatte, schien dem Tier sichtlich zu behagen. Die Augen zu kleinen Schlitzen verengt, döste das Vereinsmaskottchen zufrieden vor sich hin. Später wollte Karlo noch ein paar Dosen Katzenfutter besorgen. Fürs Erste hatte Diogenes gierig die letzte Dose Thunfisch vertilgt. Nun ja, das Tier hatte auch einiges hinter sich ...

Karlo selbst hingegen saß fröstelnd auf einem Sessel im Wohnzimmer und rieb sich die kalten Knie. Aus dem Badezimmer hörte er das Wasser rauschen. Ein heißes Bad würde ihn wieder auf Vordermann bringen. Demnächst müsste er sich vernünftiger anziehen, wenn er bei solchen Temperaturen aufs Motorrad stieg.

Heute wollte er sich nur noch ein wenig pflegen und dann früh ins Bett gehen. Und morgen früh richtig ausschlafen. Dann gäbe es allerdings noch viel zu tun.

Karlo fühlte sich tatsächlich um einiges besser, als er nach dem Bad entspannt im Sessel saß. Er wollte jetzt nur noch ein schönes Bierchen trinken und vielleicht schauen, ob das Fernsehprogramm etwas Interessantes hergab. Diese Entspannung hatte er sich seiner Meinung nach redlich verdient.

Auf dem Weg zum Kühlschrank sah er seine Jeans über der Lehne des Küchenstuhls liegen und blieb mit seinem Blick an der rechten Gesäßtasche hängen. Das Bild Sabines war ein wenig herausgerutscht und lugte mit einer Ecke hervor.

Einen Moment stand er vor dem Küchenstuhl und überlegte, dann zog er das Foto heraus, holte sich eine Flasche

Bier aus dem Kühlschrank und zog sich ins Wohnzimmer zurück. Müde ließ er sich auf das Sofa zu Diogenes fallen und legte das Bild vor sich auf den Tisch. Diogenes blickte kurz hoch, ließ einen protestierenden Ton hören, der irgendwo zwischen Fauchen, Miauen und dem Geräusch, das die MZ beim Antreten von sich gab, angesiedelt war. Er kümmerte sich nicht weiter darum und nahm einen großen Schluck. Nachdem er die Flasche neben dem Sofa abgestellt hatte, griff er nach der Fotografie.

Lange Zeit betrachtete er das Foto, irgendetwas störte ihn, war zu viel oder gehörte nicht ganz in das Bild, das er sich von Kaletzkes Freundin Sabine gemacht hatte.

Es dauerte noch eine geraume Zeit, bis er draufkam, bis er merkte, was es war. Mein Gott, wenn das stimmte, war es ungeheuerlich. Und tief in seinem Unterbewusstsein begann eine Erinnerung aufzuglimmen, eine Erinnerung an die Nacht, in der Moni ermordet worden war. Sein Verdacht wurde stärker. Er hoffte inständig, dass es eine andere Erklärung gäbe.

Als die Melodie seines Handys ertönte, wurde er zuerst ärgerlich. Als er die Stimme des Hauptkommissars erkannte, klingelten seine Alarmglocken.

Der Hauptkommissar erzählte ihm von Janina Rudzinski und wie sie auf dem Präsidium gelandet war. Und vor allem, was sie zu Protokoll gegeben hatte.

Karlo verabredete sich für den nächsten Tag mit Georg Gehring. Es gab da etwas, das er dem Kommissar gerne noch gezeigt hätte.

*Dienstag, 20. Oktober*

# 18

Karlo schnappte sich das Telefon und wollte zuerst bei den Kuhls zu Hause anrufen, um vom Wiederauftauchen Diogenes' zu berichten. Dann hatte er eine andere Idee. Das Wiedersehen der Kuhls mit Diogenes wollte er angemessener inszenieren, zumal er hoffte, durch seinen Erfolg in dieser Sache ein paar Pluspunkte sammeln zu können. Und so wählte er Tobias Kaletzkes Nummer, um sich mit seinem Freund abends zu verabreden und ihm die Gründe seines Verschwindens zu erklären. Immerhin hatte er sich nicht mehr bei Tobias gemeldet, nachdem er dessen Wohnung am Freitagmorgen verlassen hatte.

Das Freizeichen tönte lange. Karlo dachte schon, dass Kaletzke nicht zu Hause sei. Im Moment, als er auflegen wollte, wurde doch noch abgehoben.

„Bei Kaletzke, hallo?"

Die Stimme klang fragend. Im ersten Augenblick hatte Karlo vermutet, Sabine am Telefon zu haben. Doch diese Stimme kannte er schon. Er machte eine Pause, und die Stimme meldete sich erneut.

„Hallo? Wer ist denn da?"

Er reagierte verwundert.

„Jeannette, bist du das? Was machst du ... ich wollte eigentlich kurz mit Tobias ..."

„Karlo?“, unterbrach ihn seine Ex-Freundin, „sag mal, wo steckst du denn? Du hast doch versprochen, mich einzuladen. Du hast mich einfach vergessen! Tobias hat auch schon ...“

Karlo hörte, wie Jeannette der Hörer aus der Hand genommen wurde.

„Karlo? Was war denn los? Ich habe mir schon Sorgen gemacht. Ist etwas passiert?“

„Etwas passiert? Etwas passiert ist ein wenig untertrieben. Deswegen rufe ich dich an. Ich wollte mich mit dir treffen.“

Dann spürte Karlo ein Drücken in der Magengegend.

„Was macht eigentlich Jeannette bei dir?“, fragte er argwöhnisch. Er konnte nicht vermeiden, dass seine Stimme leicht zitterte.

„Ah, Karlo, nein! Nicht, was du denkst. Ich habe Jeannette vor der Tür getroffen. Sie fragte, wie es mir so geht und da habe ich ihr das Neueste erzählt. Und weil es so kalt war, ist sie noch auf einen Kaffee mit hochgekommen. Weißt du, mir geht es gerade nicht so gut“, Tobias hielt kurz inne. „Du lieber Himmel“, rief er dann aus, „du weißt es ja noch gar nicht. Sabine hat sich von mir getrennt. Von heute auf morgen. Ohne Begründung. Ich bin ziemlich erledigt und Jeannette wollte mir einfach ein wenig zuhören ...“

„Oh Mann, Tobias, tut mir leid, das ist ja wirklich Scheiße. Na, heute Abend kannst du mir die ganze Geschichte ausführlich erzählen. Ich habe auch eine ganze Menge Neues, das dich interessieren wird. Aber bitte mal nicht in der Bluesmühle. Ich habe heute absolut keine Lust auf Harry Weber. Willst du nicht zu mir nach Hause kommen? Da sind wir ganz ungestört und können in aller Ruhe reden.“

Karlo hoffte, dass Tobias auf das ungewöhnliche Angebot einging. Als er das Zögern des Freundes bemerkte, legte er nach.

„Außerdem kennst du meine neue Bude noch gar nicht. Also, was meinst du?"

Kaletzke jedoch war nicht besonders angetan von Karlos Einladung und wand sich sichtlich.

„Ah, Karlo, ich würde lieber mal wieder ein schönes Dunkles trinken. Deine Wohnung kann ich doch auch ein anderes Mal ansehen. Wollen wir nicht ins Knöpfchen reinschauen? Die kleine Kneipe in der Pfortenstraße neben dem Fahrradgeschäft? Das hätte gegenüber der Bluesmühle auch einen weiteren Vorteil: Dort laufen wir nicht Gefahr, mit Irish Stew gefoltert zu werden ..."

Karlo stimmte widerwillig zu. Jetzt musste er sich allerdings etwas einfallen lassen. Sein Magendrücken war auch nicht besser geworden. Wie sollte er das verstehen? Hatte sich da etwas wie Eifersucht eingeschlichen? Dann schalt er sich einen alten Narren. Man sollte seinen Freunden vertrauen können. Tobias wusste doch, dass er Jeannette noch immer sehr mochte und würde doch bestimmt nicht ...? Aber man konnte ja nie wissen. Karlo erinnerte sich noch gut daran, wie ihm schon einmal ein guter Bekannter seine Freundin Jeannette ausgespannt hatte*. Aus diesem Grund konnte er eine gewisse Unruhe nicht loswerden.

Morgen, nahm er sich vor, würde er Jeannette besuchen und ihr von den Ereignissen berichten. Vielleicht hätte sie Verständnis, es war doch wirklich nicht seine Schuld. Dann würde sich möglicherweise auch der Rest aufklären.

Er hoffte nur, dass Tobias nicht plante, sich an Jeannette heranzumachen. Auf der anderen Seite, überlegte er, stand



*Siehe Karlo Kölners erster Fall: „Karlo und der letzte Schnitt".

es Jeannette frei zu tun, was sie wollte und mit wem. Er hatte kein Recht, Ansprüche zu stellen.

Doch wie auch immer, zuerst wollte er mit Tobias ein oder zwei schöne Schwarzbier trinken und sich mit seinem Freund über die Ereignisse der letzten Tage austauschen.

Karlo betrat die kleine Kneipe in der Pfortenstraße gegen neun. Tobias saß schon am Tresen. Das Glas vor ihm war halbvoll. Der Tisch in der Ecke hinter dem Eingang war nicht besetzt, und Karlo gab Tobias einen Wink, er solle herüberkommen. Hier würde man sich ungestört unterhalten können. Karlo bestellte ein Schwarzbier und ging zur Toilette. Sein Verdacht ließ ihm keine Ruhe. Als sich die Tür hinter ihm geschlossen hatte, zog er sein Mobiltelefon hervor und wählte Tobias' Nummer. Es wurde gleich abgehoben. Karlo spürte einen Kloß im Hals.

„Bei Kaletzke, hallo?"

Schlagartig begann das Ziehen in seinem Magen wieder. Jeannette war also immer noch in der Wohnung von Tobias. Doch dann riss er sich zusammen und beschloss, sich nichts anmerken zu lassen. Wer war er denn, dachte er ärgerlich. Wenn Jeannette nichts von ihm wollte, dann sollte sie es eben bleiben lassen. Andererseits versuchte er die Hoffnung zu bewahren, dass sich die Situation ganz harmlos erklären ließe. Trotzdem blieben ihm nagende Zweifel.

Zurück im Gastraum setzte er sich zu Tobias und versuchte, ihn von seinen Gedanken nichts spüren zu lassen. Sein Bier stand zwischenzeitlich auf dem Tisch und Karlo bedankte sich mit einem Winken bei der molligen Frau hinter dem Tresen. Dann wandte er sich Tobias zu.

„So, Alter. Jetzt erzähl mal. Was ist passiert?"

„Passiert ist eigentlich gar nichts. Außer, dass Sabine mir gestern am Telefon gesagt hat, dass es aus ist. Ich vermute, dass sie jemand kennengelernt hat. Ist doch immer das Gleiche. Und dass sie ihre Wohnung hier aufgibt und in Düsseldorf bleibt. Das wars eigentlich schon. Aber das reicht ja auch. Eigentlich will ich gar nicht darüber reden. Zieht mich nur runter. Aber jetzt lass du mal hören. Was war denn los bei dir? Wieso hast du dich die ganze Zeit nicht gemeldet?“

„Woher kennst du eigentlich Joe Wegener?“

Karlos Frage war wie ferngesteuert gekommen. Am liebsten hätte er sie wieder zurückgenommen.

Tobias hob erstaunt den Kopf und riss die Augen auf. Dann hatte er sich wieder im Griff.

„Woher hast du diesen Namen?“, versetzte er, immer noch etwas erstaunt. „Was ist mit dem?“

„Ich habe zuerst gefragt!“

„Da gibts überhaupt nicht viel zu erzählen. Das war, als wir noch oben im Norden gewohnt haben. Wir haben damals ein Auto von ihm gekauft. Einen Jeep. Das ist eigentlich alles. Wir sind uns dann noch ein paarmal eher zufällig über die Füße gelaufen.“

„Und was ist mit Sauer? Oder sollte ich eher sagen: Süßelmann?“

Tobias wurde nervös.

„Was soll das hier eigentlich sein? Ein Verhör?“

„Quatsch keinen Blödsinn. Es ist nur so: ich hab einiges erlebt in den letzten Tagen. Und ein paar Dinge kann ich noch nicht richtig einordnen. Ich hab dir doch erzählt, dass die Polizei hinter mir her war. Wegen der toten Frau in der Wohnung unter mir. Ich habe die tolle Wohnung doch nur gekriegt, weil ich für Joe Wegener den, na ja, sagen wir mal, Aufpasser gemacht habe. Dass den Mädels in der Wohnung nichts geschieht. Weißt du noch, ich hatte dir damals in der Bluesmühle diese Karte gegeben, mit der Internetadresse ... du erinnerst dich?“

Tobias wirkte plötzlich aufgebracht, entrüstet.

„Und ob ich mich erinnere! Und du hast für Joe Wegener ...“

Die drei Leute, die soeben die Kneipe betraten, schauten verwundert, wie Kaletzke mit der Faust auf den Tisch schlug.

„Hey, Karlo, was geht ab“, kam die leicht angetrunkene Frage des ersten der drei Männer.

Die restlichen Tische waren alle besetzt. Der Wortführer schaute sich suchend um.

„Habt ihr was dagegen, wenn wir uns dazusetzen?“

Karlo erkannte sofort die Gelegenheit. Jetzt würde es einfacher für ihn sein, Tobias mit zu sich in seine neue Wohnung zu lotsen.

Er versuchte, so neutral wie möglich zu wirken.

„Nein, nein, setzt euch nur. Wir wollten sowieso gerade gehen.“

Als er das erstaunte Gesicht von Tobias bemerkte, setzte er an Kaletzke gewandt hinzu: „Komm, lass uns noch mal zu mir gehen. Ich hab auch noch ein paar Flaschen Bier im Kühlschrank.“

Nach einem kurzen Blick auf die Neuankömmlinge beugte er sich verschwörerisch zu seinem Freund und beschied ihm mit gedämpfter Stimme: „Ich hab dir noch jede Menge zu erzählen. Das muss doch von denen hier keiner mitkriegen, meinst du nicht auch?“

Tobias zögerte einen Augenblick, dann gab er nach.

„Wahrscheinlich hast du recht. Mit den drei Geheimagenten hier haben wir bestimmt keine Ruhe mehr."

Er winkte in Richtung der Theke.

„Zahlen, Isa."

Karlo gab einen Schuss ins Blaue ab. Er versuchte, harmlos zu klingen.

„Neulich nachts hab ich wohl das Schloss nicht mehr gefunden, was?"

Er öffnete die Haustür und trat vor Kaletzke ins Treppenhaus. Hundert Euro hätte er gegeben, die Reaktion von Tobias beobachten zu können.

„Du hast übrigens vergessen, meine Wohnungsschlüssel abzuziehen und mir in die Tasche zu stecken", legte er nach. „Die haben die ganze Nacht von außen im Schloss gesteckt. Na ja, ist ja nichts passiert. Auf jeden Fall danke fürs Heimbringen. Ich hätte es alleine wahrscheinlich nicht mehr gepackt."

Karlo stieg die Treppe empor, Tobias folgte ihm schweigend ein paar Stufen dahinter. Endlich ergriff er doch noch das Wort.

„Mann, Karlo, tut mir leid. Das mit deinen Schlüsseln, meine ich. Ich war selbst ganz schön angeschlagen. Am Morgen hatte ich einen Kopf wie eine Rumbarassel, kann ich dir sagen."

Karlo grinste zufrieden, als er seine Wohnungstür aufschloss. Wie er nach Hause gefunden hatte, war nun wohl geklärt.

„Schon okay."

Kurz darauf hing Karlo mit übereinandergeschlagenen Beinen auf seiner Couch. Tobias saß auf der anderen Seite des Wohnzimmertisches und schien unschlüssig. Für einen Augenblick schwiegen die beiden Männer und eine peinliche Stille erfüllte den Raum. Kaletzke durchbrach sie als Erster.

„Hast du nicht was von Bier gesagt?“

„Klar, Mann, logo, ich hol uns was zu trinken.“

Karlo war froh, etwas tun zu können. Er musste noch einen Moment nachdenken.

Er schielte nebenbei auf den zweiten Sessel, auf dem Diogenes inzwischen ruhte. Der Kater schlief fest und ließ bei jedem dritten Atemzug ein rasselndes Pfeifen hören. Karlo schüttelte den Kopf. Eine Katze, die schnarchte. Und von wegen: Katzen sind nachtaktiv ...

Tobias ließ den Blick von seinem bequemen Sessel aus im Zimmer schweifen, als unvermittelt das Bild Sabines auf dem Tisch in sein Sichtfeld geriet. Als er erkannte, um was es sich handelte, fiel er aus allen Wolken.

Karlo öffnete indessen schnell die Bierflaschen und eilte zurück ins Wohnzimmer. Als er das Foto in Kaletzkes Hand sah, versuchte er, ruhig zu klingen.

„Brauchst du ein Glas?“

Tobias ging nicht darauf ein. Seine Stimme überschlug sich.

„Wo hast du das Bild her? Sag bloß, du hast in meiner Wohnung rumgeschnüffelt? Bist du noch ganz dicht? Ich verstecke dich, weil die Bullen hinter dir her sind, und du stellst mir die Wohnung auf den Kopf?“

Kaletzkes Gesicht war hochrot vor Zorn.

Karlo hatte keine Zeit, lange zu überlegen. Er versuchte es mit derselben Ausrede wie bei der Polizei. Als er begann, sprach er leise, sehr leise und schaute Kaletzke dabei in die flackernden Augen.

„Bist du übergeschnappt? Warum in aller Welt sollte ich deine Bude filzen? Das Bild hab ich hier in meiner Wohnung gefunden. Ich dachte, das gehört Joe. Wer ist das überhaupt?“

Es sah aus, als dachte Tobias nach. „Er scheint es zumindest für möglich zu halten“, dachte Karlo. Gespannt wartete er auf Tobias’ Antwort.

„Ach, vergiss es.“

Kaletzke sah noch einmal auf das Bild.

„Tut mir leid, Karlo. Da hab ich mich wohl getäuscht, ich ...“

„Dann komm jetzt her, setz dich hin und trink einen Schluck Bier. Ich wollte dir doch noch einiges berichten.“

Karlo hatte Tobias bei der Schulter gepackt und schob ihn mit leichtem Nachdruck zu seinem Sessel. Nach einem kräftigen Schluck begann er zu reden, und eine gute halbe Stunde später war er seine turbulente Geschichte losgeworden. Angefangen bei der toten Moni, die er gefunden hatte. Seine Flucht und seine Festnahme, dann der Mord an Joe Wegener.

Zum Schluss hatte er als Sahnehäubchen erzählt, wie ihm die Katzendiebe ins offene Messer gelaufen waren.

Kaletzkes Erstaunen schien irgendwie nicht ganz echt. Den Bericht über die Festnahme der beiden Ganoven auf dem Offenbacher Fabrikgelände fand er dann aber amüsant. Karlo hatte an dieser Stelle mit seinen Ausführungen geendet. Nun machte sich eine gewisse Verlegenheit breit. Er wusste nicht so recht, wie er das Gespräch in die richtige Richtung lenken sollte.

„Tobias, bitte, du musst mir jetzt versprechen, dass du nicht ausrastest. Ich will einfach rauskriegen, was wirklich passiert ist. Da passt nämlich was nicht zusammen. Das ist jetzt nicht gegen dich gerichtet."

Karlo rutschte ungemütlich auf seinem Sofa herum. Er fühlte sich unwohl in seiner Haut, als er anfing.

„Ja, okay, du hast recht gehabt. Ich hab das Bild aus deiner Wohnung. Deshalb frage ich mich auch, warum du mir erzählst, du wüsstest nicht, wer diese Frau ist."

Tobias saß starr und schluckte schwer. Karlo fuhr fort.

„Vielleicht war es ein Fehler, das Bild zu nehmen. Aber dadurch habe ich das andere Bild gefunden. Das mit Joe, Süßelmann, dir und ..." Er brach ab und räusperte sich. Es fiel ihm sichtlich schwer, die Wahrheit auszusprechen. Als er weitersprach, klang seine Stimme rau.

„Ja, und eben Sabine, deiner Freundin."

Tobias erwiderte nichts und rührte immer noch keinen Finger. Er schaute unbeweglich und mit leicht geöffnetem Mund in die linke Zimmerecke. Karlo wusste nicht, ob er überhaupt zuhörte.

„*Du* hast sie umgebracht. Sabine war schon lange tot, als du mir erzählt hast, sie habe sich von dir getrennt, stimmt doch? Wie ist es passiert? Ihr habt gestritten, nachdem du mich nach Hause gebracht hast, nicht wahr? War es ein Unfall?"

„Wie hast du es rausgekriegt?"

Flüsternd, ein wenig heiser, wehte die Frage zu Karlo. Tobias saß immer noch reglos da.

„Hier, das Bild von Sabine. Schau doch nur mal unter den aufgeschlagenen Hemdärmel. Siehst du? Da, die Tätowierung. Das kleine Stück vom Maul des grünen Drachens? Die gespaltene Zunge in Rot? Ich hab es lange nicht richtig wahrgenommen, aber nur so ergibt es einen Sinn. Die Frau selbst habe ich zuerst gar nicht erkannt auf diesem Foto. Mit einer Perücke und viel Make-up kann man sich schon verändern. Und dann war da auch noch die Brille."

Er schaute seinen Freund mitfühlend an.

„Joe hat mir Moni vorgestellt, die für ihn in der Wohnung unter mir anschaffte. Und dabei ist mir auf ihrem Oberarm der grüne Drache aufgefallen. Das war an dem Tag, an dem Joe mir meine Wohnung übergeben hatte. Du hast es die ganze Zeit überhaupt nicht mitgekriegt. Vielleicht hast du es ja sogar erst nach unserer blödsinnigen Sauferei gemerkt. In der Nacht. Durch Zufall, was?"

Es fiel Karlo schwer, weiterzureden.

„Sabine und Moni, das war ein und dieselbe Frau. Deine Frau!"

Es klang beschwörend, und immer noch ein wenig wie eine Frage, und Karlo hätte etwas darum gegeben, eine andere Antwort zu bekommen.

„Dann ist da noch was, Tobias. Das andere Bild habe ich dem Hauptkommissar gegeben. Um ihm Sauer zu zeigen, der augenscheinlich Wegener die Kehle durchgeschnitten hatte. Ich hab ihm erklärt, dass ich dich und Sabine nicht kenne. Keine Ahnung, ob er es geglaubt hat. Aber ich weiß eins: Er wird mit dir reden wollen. Das ist einer, der nicht locker lässt, wenn er ermittelt. Es wird nur eine Frage der Zeit sein, bis er dich gefunden hat."

Karlo machte noch eine Pause, bevor er seine nächste Frage stellte.

„Warum steht in Süßelmanns Abschiedsbrief, er hätte mitbekommen, wie Wegener Moni beziehungsweise richtiger: Sabine erschlagen hat? Das ist doch alles erfunden, nicht wahr?"

Tobias saß aufrecht mit leerem Blick, im Sessel, als er zu reden begann.

„Also gut, Karlo. Es hört ja sonst keiner zu. Ich sag dir, was passiert ist. Du hast recht, es war ein Unfall. Ich hab das nicht gewollt. Aber das hätte mir doch keiner geglaubt. Angefangen hat das alles mit der verdammten Karte, die du mir in der Bluesmühle in die Hand gedrückt hast. Ich hab mir noch in der Samstagnacht die Bilder im Internet angeschaut. Abgesehen davon, dass die Gesichter unkenntlich gemacht waren, sahen die Mädels ganz lecker aus. Sabine habe ich da aber nicht erkannt. Wie sollte ich auch darauf kommen? Ich hatte ja keine Ahnung. Ich hab mich in dem Moment ein bisschen für mich selbst geschämt, Sabine gegenüber und so. Na ja, dann habe ich aber trotzdem mal dort angerufen. So eine Polin war dran, hat ganz schlecht Deutsch gesprochen. Wir machten einen Termin aus, dann hat mich aber der Mut verlassen, und ich bin nicht hingegangen.

In der Nacht aber, in der ich dich nach Hause gebracht habe, bekam ich dann ganz plötzlich Bock, doch mal dort vorbeizuschauen. Das lag wohl an meinem erhöhten Alkoholpegel. Ich kannte ja die Adresse, und nun war ich auch schon im Haus. Also habe ich dich in deine Wohnung gebracht. Du hast noch was gebrabbelt von Hunger und du müsstest noch was essen. Ich bin dann raus. Deine Schlüssel muss ich wohl aus Versehen eingesteckt haben. Ich hatte tatsächlich vor, einfach mal zu klingeln. Und zu schauen, ob da noch jemand ist um diese Zeit. Und als ich bei der ersten Treppenwende angekommen war, ging da unten die Tür auf. Eine ziemlich junge Frau trat aus der Tür und verabschiedete sich von einer zweiten, sagte noch was wie: „Bis später, denke, wird schon gutgehen", oder so was Ähnliches. Das hörte sich osteuropäisch an. Die andere rief ihr dann noch sinngemäß hinterher: „Pass bloß auf dich auf, Janina."

Die junge Frau ist dann die Treppe runter und ich bin auch weitergegangen. Die zweite Frau hat einen Moment innegehalten an der Tür, als wolle sie schauen, wer da die Treppe runterkommt.

Ich habe sie nicht gleich erkannt, wegen der Perücke und überhaupt wegen der ganzen Situation. Aber sie stand da und konnte sich nicht rühren, sie schaute mich völlig entgeistert an. Und plötzlich hat es klick gemacht und ich habe sie erkannt. Was in dem Moment in mir vorging, kannst du dir bestimmt vorstellen."

Tobias holte tief Luft und machte eine Pause. Karlo strich sich hilflos durch die Haare. Er konnte es sich sehr gut ausmalen, was da in Kaletzke vorgegangen war. Er trank seine Flasche aus, traute sich aber nicht aufzustehen und eine neue zu holen. Er wollte Tobias' Redefluss jetzt nicht abreißen lassen.

„Und dann?"

„Wir hatten natürlich einen Riesenkrach. Ich habe Sabine kaum wiedererkannt, wie sie da vor mir stand. Sie war voller Gift und Häme und nannte mich einen Versager. Sie meinte, sie würde wenigstens dafür sorgen, dass Geld reinkäme. Ich bin einfach durchgedreht. Ich hab ihr eine runtergehauen, hab sie gegen die Brust gestoßen. Sie hat das Gleichgewicht verloren, ist nach hinten gefallen, mit dem Kopf gegen die Kommode. Und dann lag sie da und hat sich nicht mehr gerührt. Ich bin in Panik geraten, das kannst du mir glauben."

„Warum hast du mir die Statue auf den Balkon gelegt?“

Karlo klang wütender, als er sich das eigentlich vorgenommen hatte.

„Na, das ist doch klar, oder? Ich wollte von mir ablenken, ich hatte panische Angst, als Mörder verhaftet zu werden. Und da stand diese Figur. Ich hab erst Sabine hinters Bett gezogen und dann die Figur mit ihrem Blut in Berührung gebracht. Deine Schlüssel hatte ich ja noch in der Tasche. Also bin ich wieder hoch zu dir. Du lagst im Bett wie ein Toter und hast auch nicht mitgekriegt, dass ich deine Hand noch an zwei, drei Stellen um die Figur gelegt hatte. Ich selbst habe die Figur nur mit einem Küchenpapier angefasst. Und da *du* die Figur nicht gleich finden solltest, habe ich sie in die Kiste auf dem Balkon gelegt.

Erst am anderen Tag wurde mir klar, was ich angerichtet hatte. Und da konnte ich es nicht mehr ändern, es tut mir so leid, aber wie hätte ich es denn rückgängig machen sollen ...“

Tobias zögerte kurz, und Karlo nutzte die Gelegenheit nachzufragen.

„Und was ist jetzt mit Süßelmanns Geschichte?“

Tobias hielt sein Gesicht einen Augenblick fest in beide Hände vergraben, dann schaute er wieder auf.

„Ich hab Süßelmann am Kiosk getroffen. Ich hatte den Kerl schon ein paarmal in Fechenheim gesehen, aber nicht gemerkt, dass ich den Typen von früher kenne. Süßelmann war an diesem Tag ziemlich fertig und außerdem schwer angesoffen. Auf jeden Fall ist mir da aber klar geworden, wer er war. Der ist in Hamburg immer um Wegener rumgeschlichen, war so was wie seine rechte Hand, nehme ich an. Und er hat mich plötzlich auch erkannt. Vielleicht wusste er auch schon länger, wer ich war. Wer weiß. Er fing dann damit an, er hätte jemand umgebracht, den ich auch kenne. Zuerst dachte ich, er erzählt Blödsinn. Ich wollte es eigentlich gar nicht hören, aber er hat mir dann seine Geschichte erzählt. Und die hat sich gar nicht wie Blödsinn angehört. Er erwähnte noch, dass er krank sei und wohl nicht mehr lange zu leben habe. Und dass er sich die letzten Wochen gerne ersparen würde und deshalb vorhabe, selbst Schluss zu machen. Ich habe ihn dann zu mir nach Hause mitgenommen und versucht, von seinen Selbstmordgedanken abzubringen. So bin ich letztendlich auch dazu gekommen, ihm von meiner Geschichte zu berichten.

Süßelmann hat sehr aufmerksam zugehört, obwohl er so betrunken war, und mich danach ganz komisch angeguckt. Dann hat er gemeint, es müsse ja niemand erfahren, was mir da passiert ist, und er wolle mir helfen, da ich doch auch in gewisser Weise ein Opfer von Wegener sei.

Er wiederholte, dass er nach allem sowieso Schluss machen und nicht das Ende seiner Krankheit abwarten wolle, bloß nicht auf diese Weise sterben, in irgendeiner verschissenen Ecke im Krankenhaus.

Und da wurde mir klar, dass dies eine einmalige Chance für mich war, aus der Sache wieder rauszukommen. Wir haben uns das mit dem Brief überlegt. Joe konnte nicht mehr widersprechen, der war ja tot. Außerdem war es auch egal, ob dem Dreckskerl noch eine üble Geschichte zur Last gelegt wurde. Lothar hat den Brief selbst geschrieben, dann hat er sich von mir verabschiedet und gemeint, jetzt müsse ich mir keine Sorgen machen.

Und für dich hatte Süßelmanns Entschluss ja auch einen Vorteil: So konnte ich wenigstens den Fehler wieder gutmachen, den ich mit der Statue auf deinem Balkon verzapft habe. Mit Süßelmanns Aussage konnte dich niemand mehr verdächtigen. So war allen geholfen."

Nachdem er mit seiner Geschichte fertig war, hatte Kaletzke seine Flasche genommen und in einem Zug geleert. Nun hing er erschöpft in seinem Sessel und sah Karlo stumpf an.

„Du musst dich stellen, Tobias. Sei vernünftig. Vielleicht kannst du noch etwas rausholen. Du sagst doch selbst, dass es ein Unfall war. Es kann dir eigentlich gar nicht viel passieren."

Irritiert von seiner eigenen Rede hielt Karlo inne. Ausgerechnet er redete von Vernunft. Doch er wusste genau, in dieser Situation wäre es für Tobias nur von Vorteil, wenn er sich selbst stellen würde.

„Warum sollte ich? Ist doch alles klar. So, wie es jetzt aussieht, kann mir doch keiner was wollen."

Kaletzke klang aggressiv, als er weitersprach.

„Oder hast du vor, mich zu verpfeifen? Ich habe keine Lust, wegen deinem Gerechtigkeitsfimmel in den Knast zu wandern."

Er war aufgesprungen und sah Karlo böse an.

„Tobias, lass uns in aller Ruhe darüber reden. Warte, ich hole uns noch ein Bier."

Ein weiterer unschöner Verdacht kam Karlo.

Er ging in die Küche, zog die Kühlschranktür auf und griff sich zwei Flaschen. Dann sprudelte es heraus.

„Da fällt mir ein: Die Polizei hat mir gesagt, sie wäre gekommen, weil jemand angerufen hätte. Ein Schuss sei gefallen. Erzähl mir also bloß nichts von leid tun und nichts mehr ändern können. Das warst doch auch du. Du Mistkerl wolltest einfach auf meine Kosten von dir ablenken. Auch noch am anderen Morgen ..."

Ein Geräusch in seinem Rücken ließ ihn herumfahren. Er schaute Tobias an und erstarrte.

„Scheiße, Tobias, leg das Messer weg, mach keinen Mist. So wird alles nur noch schlimmer!"

Karlo stellte die Bierflaschen neben sich auf den Boden und beobachtete Tobias, der mit drohendem Gesicht und einem großen Küchenmesser vor ihm stand.

„Ich gehe nicht in den Knast. Das kannst du vergessen. Du solltest doch am besten wissen, wie das ist. Ich hab alles verloren, was mir etwas wert war. Jetzt will ich mich nicht auch noch selbst verlieren."

Tobias ging einen Schritt auf Karlo zu und hob das Messer an. Der wich zurück und ging nach links um Tobias herum. Kaletzke hatte sich mitgedreht und schaute Karlo lauernd an. Mit einem überraschenden Sprung hatte er Karlo erreicht und stach zu. Karlo warf sich zur Seite. Tobias krachte mit der Hüfte gegen die Arbeitsplatte neben der Spüle, schüttelte sich und ging erneut auf Karlo los. Er stand nun zwischen Karlo und der Tür zum Wohnraum.

Ein Schauer lief Kölner über den Rücken, als er an die extrem scharfe Klinge des großen Kochmessers dachte.

Er musste verhindern, dass Kaletzke ihm dieses gefährliche Ding zwischen die Rippen steckte.

Reden würde wohl nichts mehr bringen.

*Zur selben Zeit*

# 19

„Mist! Was hat das zu bedeuten?"

Gehring war mit einem Male alarmiert. Zuerst hatte er gefürchtet, es wäre etwas schief gegangen und die beiden würden überhaupt nicht mehr auftauchen. Doch nun überschlugen sich die Ereignisse. Er schaute Kommissar Reichard beunruhigt an. Reichard schickte einen ebenso besorgten Blick zurück.

„Haben Sie das eben auch so verstanden? Ein Messer?"

„Ich bin nicht ganz sicher. Da stimmt irgendwas nicht. Das hat gerade so seltsam gekracht. Ich kann nichts mehr hören."

„Los. Wir gehen rein!"

Der Techniker hob die Hand.

„Einen Moment noch. Ich will schnell noch was nachprüfen."

Er hantierte an dem kleinen Empfänger. Nach kurzer Zeit gab er auf.

„Die Verbindung ist weg. Nichts mehr zu machen."

Gehring entschied sich.

„Gut. Wir haben genug gehört. Es reicht. Gehen wir."

Er winkte den beiden Uniformierten, die zur Verstärkung mitgekommen waren, und alle bis auf den Techniker verließen die Wohnung.

Die Beamten rannten ins nächste Stockwerk. Gehring hatte noch im Laufen seine Dienstpistole entsichert. Die Tür war angelehnt, wie besprochen.

Gehring schob die Tür zum Wohnungsflur sanft auf. Er hörte, wie Karlo auf Tobias Kaletzke einredete.

„Das bringt dir doch alles nichts, Tobias. Jetzt nicht mehr. Gleich ist die Polizei hier, Mann. Die haben alles mitgehört."

Kaletzke lachte bitter.

„Das kannst du deinem Friseur erzählen. Du denkst doch nicht wirklich, dass ich darauf reinfalle? Auf einen Toten mehr oder weniger kommt es jetzt nicht mehr an. Ich gehe nicht ins Gefängnis. Ich nicht."

Karlo war es mittlerweile gelungen, ins Wohnzimmer auszuweichen. Er hatte den Couchtisch zwischen sich und Tobias gebracht. Wo blieben die Polizisten? Die mussten doch mitgekriegt haben, dass die Sache aus dem Ruder lief. Vielleicht funktionierte die Verbindung nicht mehr, überlegte er. Möglicherweise hatten die schnellen Bewegungen den Funk unterbrochen. Er musste zusehen, dass er aus der Wohnung rauskam. Vielleicht gelang es ihm mit etwas Glück, Tobias einzuschließen.

Langsam bewegte sich Kaletzke um den Tisch. Karlo floh hinter einen der Sessel. Diogenes ließ sich immer noch nicht stören.

„Lassen Sie das Messer fallen, Herr Kaletzke. Es ist vorbei. Machen Sie keinen Unsinn!"

Tobias stand wie vom Donner gerührt.

Als er den Kopf in die Richtung drehte, aus der die Stimme kam, sah er in den Lauf von Gehrings Pistole.

„Es tut mir leid, Tobias", Karlo schaute bedauernd. „Ich wollte dich nicht reinreiten. Aber du hast ja gerade selbst eindrucksvoll bewiesen, dass es so besser war ..."

Karlo hatte unter seinen Pullover gegriffen und das kleine Mikrofon gelöst, das an seinem Oberkörper befestigt war. Kaletzke schaute verständnislos auf das winzige Gerät, das nun in Karlos Hand baumelte.

Dann warf er das Messer vor sich auf den Tisch und trat einen Schritt zurück.

„Du verdammter Verräter. Ein schöner Freund bist du."

Karlo hörte nicht hin. Er wischte sich mit dem Ärmel den Schweiß von der Stirn.

„Das war knapp, Jungs. Das war richtig knapp. Aber es hat ja noch hingehauen. Danke!"

Als Reichard und die Uniformierten Kaletzke nach unten brachten, saßen Gehring und Karlo Kölner noch am Wohnzimmertisch.

„Dieses Mal gab es Augenblicke, in denen ich mir nicht ganz sicher war, Herr Kölner, was Ihre Rolle in diesem Spiel betraf."

Gehring hatte sich zurückgelehnt und musterte Karlo erschöpft.

„Und nun tun Sie mir *bitte* einen Gefallen, Karlo", sprach Gehring sein Gegenüber mit dem Vornamen an und lächelte ganz leicht dabei, „machen Sie jetzt mal Pause mit Ihren Geschichten. Es reicht langsam. Wir begegnen uns ein wenig zu oft in letzter Zeit. Vielleicht machen Sie mal einen längeren Auslandsurlaub? Timbuktu? Kongo, die Sahara vielleicht oder auch Weitfortistan? So ein, zwei Jahre? Möglicherweise noch länger?"

Dann wurde er schnell wieder offiziell.

„Morgen früh im Präsidium bitte, Herr Kölner. Dann halten wir alles fest und schauen mal, was nach all diesen Geschehnissen auf Sie zukommen könnte."

„Gut", ließ Karlo schnell vernehmen, „aber nur, wenn Sie diesmal ..."

„Jaaaa, schon gut. Ich mache Kaffee. Aber den Kuchen dazu bringen gefälligst Sie mit ..."

Der Hauptkommissar war ohne weiteren Kommentar aufgestanden und verließ die Wohnung. An der Tür drehte er sich noch einmal um: „Zehn Uhr dreißig morgen früh. Und bitte pünktlich!"

Als die Polizisten das Feld geräumt hatten, saß er noch eine ganze Zeit da und starrte wie betäubt vor sich hin. Er fror von innen heraus, begann zu zittern.

Erst jetzt kam so langsam alles hoch, nun wurde ihm erst bewusst, was da passiert war. Und er wusste, dass er es heute Nacht nicht aushalten würde, allein zu sein.

Er sah zwei Möglichkeiten, die Einsamkeit zu vermeiden. Die erste war die Bluesmühle. Irgendjemand würde sicherlich an der Theke rumhängen und mit ihm die Nacht durchzechen. Damit allerdings hatte er die letzte Zeit keine guten Erfahrungen gemacht. Gar keine guten Erfahrungen.

Er wählte die zweite Möglichkeit.

Entschlossen schnappte er sich seine Jacke und schlüpfte hinein. Auf seinem Weg nach unten nahm er im Treppenhaus immer mehrere Stufen auf einmal.

Als er vor dem Haus angekommen war, in dem sich Tobias' Wohnung befand, spürte er einen leichten Schweißfilm auf der Stirn.

Kurz nachdem er geklingelt hatte, hörte er Jeannettes Stimme.

„Hallo?"

„Ich bins, Karlo. Bitte mach auf!"

Das klang so eindringlich, dass Jeannette nicht weiter nachfragte. Der Summer ertönte und nur Sekunden später stand er vor der geöffneten Wohnungstür. Er trat ein und schloss die Tür.

„Was ist denn nur los? Es ist doch was passiert? Was ist mit Tobias?"

„Tobias kommt heute nicht mehr. Möglicherweise kommt er die nächsten Jahre auch nicht mehr. Bitte, Jeannette, hab einmal im Leben Vertrauen zu mir. Frag jetzt nicht. Ich erzähle dir gleich alles. Lass uns aber von hier verschwinden."

Er hatte Jeannette an die Schulter gefasst und schob sie sanft auf die Wohnungstür zu. Jeannette leistete keinen Widerstand. Sie hatte den Ernst in Karlos Gesicht bemerkt. So kannte sie diesen Mann überhaupt nicht.

Im Gehen griff sie noch ihre Handtasche, die an der Garderobe hing. Dann verließen sie die Wohnung und schlossen die Tür hinter sich.

Als sie in die Mittelseestraße einbogen, hatte sich Jeannette bei ihm untergehakt. Es war dunkel und kühl, doch Karlo fühlte, wie ein bisschen Wärme zurück in seinen Körper strömte.

Heute Nacht würde er nicht allein sein.

*Am nächsten Tag*

# 20

Entspannt und glücklich lehnte Karlo am Tresen in der Gartenhütte des Motorradclubs und hielt sein Handy ans Ohr. Er hatte die Telefonnummer der Kuhls gewählt und wartete. Jeannette stand neben ihm und hatte die Hand auf seine Hüfte gelegt. Als er die Stimme am anderen Ende hörte, platzte es aufgeregt aus ihm heraus.

„He, Kuhl, könnt ihr gleich mal in den Garten kommen, du und Kristin? Vielleicht auch Gerri? Was? Ja, jetzt gleich. Es ist wichtig. Ich hab hier was für euch und möchte – wie soll ich sagen – eine Art Tauschgeschäft unter Freunden vorschlagen."

„Was ist denn jetzt schon wieder, du Chaot? Deine krummen Geschichten nerven langsam. Also?"

„Jetzt lass dich nicht lange bitten, Wolfhard. Glaub mir, es wird euch gefallen. Und vor allem: Kristin wird begeistert sein, ich schwöre es."

Karlo spürte, wie Kuhl zögerte. Karlos Schwüre! Was sollte dabei nur rauskommen. Doch die Aussicht, Kristin wieder mal eine Freude machen zu können, ließ ihn die Abneigung zu Karlos haarsträubenden Ideen beiseite schieben.

„Also gut. In einer halben Stunde sind wir da. Aber wehe, wenn ..."

„Keine Angst, Alter. Es ist alles in Ordnung. Hundert Pro! Bis gleich."

Es war achtzehn Uhr geworden und Karlo stand nervös hinter der Theke. Wolfhard Kuhl und seine Frau Kristin nebst Sohn Gerri waren eingetroffen und hatten verblüfft Jeannette begrüßt. Kuhl hatte auf einem Barhocker Platz genommen. Gerri saß mit seiner Mutter am Tisch vor der Theke und trank eine Cola.

Kuhl schnitt ein argwöhnisches Gesicht. Seine Finger trommelten ungeduldig auf der klebrigen Oberfläche des Tresens. Kristin indes beäugte Karlo eher neugierig. Generös breitete Karlo die Arme aus und begann endlich zu reden.

„Wie soll ich anfangen? Na ja, das mit meiner neuen Wohnung, das hat sich wohl zerschlagen. Habt ihr ja vielleicht mitgekriegt, denke ich. Und genau da beginnt mein Problem auch schon, versteht ihr? Ich habe mir gedacht, vielleicht könnte ich noch ein paar Wochen, hier im Gartenhaus ... ich weiß sonst echt nicht wohin und ich hätte da wirklich was zu bieten, im Gegenzug."

Er atmete tief durch und schien zu überlegen, bevor er fortfuhr. Dann aber winkte er ab.

„Ach Quatsch, Gegenzug ist falsch ausgedrückt. Ihr hättet ihn doch sowieso gekriegt. Weil er eben hierhergehört. Mir hat er ja auch gefehlt. Ich habe übrigens ganz schön was riskiert wegen dem Burschen. Aber hier", er schwenkte die Offenbach Post in der Hand, „zuerst müsst ihr das unbedingt lesen."

Gerri Kuhl war vom Tisch aufgestanden und hatte Karlo die Zeitung aus der Hand genommen.

Nun ebenfalls am Tresen lehnend, begann er mit ziemlich verblüfftem Gesichtsausdruck laut vorzulesen.

*„Dienstag, 20. Oktober, Offenbach.*

*Dreiste Katzendiebe entlarvt!*

*Am Montag konnte die Polizei zwei Mitglieder einer hessenweit agierenden Bande festnehmen, die sich auf den Diebstahl von Hauskatzen spezialisiert hatten. Die skrupellosen Diebe verwendeten in der Regel speziell präparierte Altkleidercontainer, um die Tiere einzufangen. Dem beherzten Eingreifen eines aufmerksamen und unerschrockenen Mitbürgers ist es zu verdanken, dass die Katzenfänger dingfest gemacht werden konnten. Überdies wurden vierunddreißig noch lebende Tiere sichergestellt.*

*Der mutige Tierfreund, Karlo K. aus F., hatte zwei Männer der kriminellen Vereinigung auf einem stillgelegten Firmengelände im Süden Offenbachs aufgespürt und ganz alleine überwältigt. Dann verständigte er die Polizei, die nur noch zuzugreifen brauchte. Die Diebe handelten im großen Stil mit Katzenfellen, deren Import EU-weit verboten ist. Die dazugehörende nationale Durchführungsverordnung hatte der Bundesrat in seiner Sitzung am 7. November 2008 verabschiedet. Das Verbot war bereits am 31. Dezember 2008 in Kraft getreten.*

*Tierfreunde, die ihre Katzen vermissen, wenden sich bitte zur Information und eventuellen Rückholung an den Tierschutzverein Offenbach."*

Kristin hatte während des Vorlesens ein blubberndes Geräusch von sich gegeben und war aufgeregt aufgesprungen. Mit offenem Mund und großen Augen stand sie nun vor der Theke.

„Du willst doch nicht etwa sagen, dass ..."

„Geh nur mal in die Küche. Schau eben nach. Du weißt doch: Mit Karlo Kölner an der Seite wendet sich immer alles zum Guten."

Karlo wirkte salbungsvoller als Kardinal Ratzinger nach seiner Ernennung zum Papst.

Jeannette verdrehte ein wenig die Augen, lächelte Karlo dabei aber freundlich an.

Kuhl jedoch war noch gar nichts klar geworden und er wollte gerade verärgert nachhaken, da brachte ihm der spitze Schrei aus der Küche die Erleuchtung.

„Diogenes!!!"

Als Kristin Kuhl mit dem schwarzen Kater auf dem Arm wieder aus der Küche zurückkehrte, hatte sie tatsächlich feuchte Augen bekommen.

Kuhl schaute Karlo Kölner über den Rand seiner Brille an und schüttelte ergeben den Kopf. Er deutete auf den großen Getränkekühlschrank.

„Mach mal zwei Bier auf. Und dann setz dich her und erzähl, was passiert ist."

„Heißt das ..."

„Du hast wieder mal gewonnen, du Teufelsbraten. Meinetwegen, ja. Willkommen zu Hause. Und Prost!"

**Auf ein Wort**

Personen und Handlung dieser Kriminalgeschichte sind frei erfunden. Ähnlichkeiten mit lebenden Personen und Geschehnissen sind zufällig und unbeabsichtigt. Die einzige Ausnahme hiervon stellt mein lieber Kater Zecke dar, dem ich einiges an Inspiration verdanke und den ich Ihnen deshalb an dieser Stelle nicht vorenthalten möchte.

Der Dank an meine Freundin Silvia für ihre große Geduld, Loyalität und Hilfe ist an dieser Stelle berechtigte Tradition geworden, wie der treue Leser bereits weiß.

Auch mein guter Freund Reiner, der erneut einiges dazu beigetragen hat, meine Krimi-Baustelle grammatikalisch begehbar zu machen sei hier – neben meiner netten Lektorin – dankend erwähnt.

Der Autor